中国、飲と食のエッセイ

―文人たちの味

多田 敏宏
《編訳》
Tada Toshihiro

風詠社

目　次

装幀　２ＤＡＹ

Ⅰ　春秋戦国時代

◇「論語」郷党編から

穀物はきちんと搗いたものを厭わず、魚と肉は細かく切ったものを厭わない。古くなって味が変わった穀物と、古くなって腐ってしまった魚と肉は、食べない。色やにおいが変わってしまった食べ物も、食べない。うまく調理していないものも、時季に合わないものも、食べない。四角に切っていない肉も、調味料をうまく使っていないものも、食べない。宴席に肉がいっぱいあっても、主食以上には食べない。酒には制限をつけないが、ほろ酔いにとどめておく。市場で買ってきた干し肉と酒は、食べも飲みもしない。食事にショウガは必須だが、多くは食べない。

◇「書経」酒誥から

《周公の禁酒令》
王が言われた。「衛の国で重大な命令を発布する。尊敬する先君、文王は西方でわれわれの国を創建された。文王はいつも諸侯や役人に『祭祀のときだけ飲酒を許可する』と言っておられた。したがって、臣民は祭祀のとき以外に酒を飲んではならない。臣民が反乱を起こし、道を踏み外すのは、すべて酒の飲みすぎが原因だ。大小の国家が滅びたのも、酒の飲みすぎによる災いのためだ」

「また文王は各役人の子供にも酒を控えるよう注意され、諸侯の子供にも祭祀のときしか飲酒を許可されなかった。道徳によって自らを律するよう命じ、酔っ払うのを禁じられたのである。文王はまた臣民に、子や孫に食料を大切にし、よき心を育てるように教育せよ、と命じられた。先祖の残した教えを守り、さまざまな美徳を保つようにせよ、ということだ」

「みなの者よ、ふるさとの土地に思いをつなぎ、自らの手と足で一生懸命に耕し、親に仕えよ。車に乗って外地に行き、交易をして、親を養え。そうすると、親は喜んで豊かな料理を作ってくれるが、その場合は酒を飲んでもいい」

「役人たちよ、私の命令に従え。老人と君主に酒と食べ物を献上すれば、十分に飲み食いできるのだ。つまり、常に自らを省み、道徳にあわせた言動をしていれば、君主の祭祀に参加できるのである。これは天の賛美する大徳であり、王室は永遠にお前たちを忘れることはない」

Ⅱ　唐時代

◇閿郷の姜七少府鱠を設く、戯れに長唄を贈る――杜甫

姜侯が厳冬に鱠をご馳走してくださった。昨日今日と寒風が吹いて黄河は凍っているので、魚を採るのは簡単ではない。漁師が川面に張った氷に穴を開けて魚を捕まえ、料理人に渡す。料理人は音もなくそれを細かに切るが、魚の肉は雪のように白い。骨を刻むと、その身は春のネギのように柔らかい。

私がほしいままに食べても、魚が美しい皿に次々と並ぶ。年老いた自分に柔らかい部分をすすめてくれるし、ご飯もおいしく、柔らかく炊いてくれる。姜侯の徳に感じ入り、美味と美酒を心から味わった。

東へ帰らねばならないのだが、なかなか別れ難く、馬に乗っても力が入らない。私はこれから老い衰え、姜侯は出世されるだろう。そのとき、今日のことを感慨深く思い出すだろう。

◇打魚を観る歌――杜甫

綿州涪江の東の渡し場で、銀よりも白く輝くトガリヒラウオが跳ねている。漁師が舟に乗って大きな網をあげると、数百尾もかかっている。雑魚は捨てるが、赤鯉は神がかった力で跳ね出てしまう。水底の竜が腹を立て、ぴゅうぴゅう風を吹かせている。

料理人が研ぎ澄ませた包丁の白く光る刃をふるうと、美しい皿に鱠が白雪のように積もる。脂が乗ったトガリヒラウオは天下第一だ。飽きるほどに食べてしまうと、なんだか悲しくなる。白い鰭を割かれた魚は、紙一重で川の水とお別れになってしまったのだ。

◇槐葉の冷淘――杜甫

青々と高く茂ったエンジュの葉を摘み、厨房に持っていく。その汁と滓をできたての小麦粉に混ぜる。それを鼎に入れて適度に加熱。雪よりも冷たく感じるような舌触りで、他人にあげるのはもったいない。

金色に飾った駿馬で、天子様の美しい御殿にお届けしたい。芹や藻を献じる誠意そのものは小さいが、気持ちは必ず伝わる。天子様の御殿には、氷を開いたような玉の壷が清らかに並んでいる。そういう場所で天子様が涼まれる際には、この冷淘も時には必要だ。

◇「茶経」から――陸　羽

《茶の起源と効能》

茶はわが国南方の優良な樹木だ。三十センチか六十センチの高さで、数メートルに達するものもある。巴山、峡川一帯に生えている。二人でないと抱えられないくらいの太い幹のものもある。そういうものは枝を切り落とさないと葉や芽が摘めない。

茶の木の形は瓜芦に似ており、葉の形はクチナシに似ている。花は白いバラのようで、種はシュロのようだ。果柄はチョウジに似ていて、根はクルミに似ている。

茶を植えるには岩石が十分に風化した土壌が一番よく、石ころの混じっているのがその次、粘り気のある黄土は最低だ。一般的に、茶の苗を移植するのは難しく、移植しても十分に育つものは少ない。植える方法は瓜と同じで、三年たってから茶葉が摘める。茶葉の品質は山野で自然に生長したものが一番よく、園で栽培したものは劣る。日当たりのいい山の斜面や木陰で生長した茶の葉や芽については、紫色を帯びているものがよく、緑色のものはその次だ。芽や葉は節をもって生長し、細長いタケノコのような外見のものがよく、弱々しいのは質が落ちる。葉がそり返っているものがよく、平たいものは劣る。日当たりの悪い山の斜面や谷で生長したものは質がよくないので、摘むに値しない。

茶は「寒」という性質があるので、ほてりを消すに最適の飲み物だ。品行方正で質素倹約という美徳を持つ人が、発熱やのどの渇き、頭痛や目の疲れ、関節の不調のときなどに飲むと、四口か五口で、醍醐や甘露に劣らぬ効果がある。しかし、不適切な時期に摘んだり、加工がいい加減で野草の葉が混じったりしているものを飲めば、病気になってしまう。

茶は人参と同じで、産地によって品質が大いに異なる。上等の人参は上党、中等の人参は百済、新羅で産し、下等なものは高句麗産だ。沢州、易州、幽州、檀州のものは最悪で、何の薬効もない。もしソバナを人参と間違えて服用すると、病気は治らない。人参にたとえれば、茶のよくない影響についてもわかってもらえるだろう。

◇茶の歌——盧仝

日が高く昇ったのにまだ眠い。そういうときに、ある軍人が私の目を覚ました。孟さんの手紙と白絹に包んだ茶のかたまり一五〇キログラムを持ってきてくれたのだ。聞くところによれば、新しい年が来るたびに、茶農民は山に入り、春風が吹き始める。天子様が陽羨茶を好まれるので、いかなる花もそれより先には咲かない。おだやかな風が吹き始めると茶の芽はふくらむが、春の前から若芽はでていた。新鮮な茶葉をあぶり封をしたのだが、めったにお目にかかれないものだ。天子様や王族に献上する茶がどうして私のところに回ってきたのだろう?

門を閉めて客を断ち、帽子をかぶって、自分で茶を淹れた。

碧緑の茶から湯気が立ち、細かな泡が浮かんでいる。

一碗飲めば口とのどが湿り、二碗飲んだら煩いがなくなった。

三碗飲めば腹に落ち、五千巻の書物を思った。

四碗飲んだら軽く汗をかき、ふだんの不平も毛穴から飛んでいった。

五碗飲めば体が清らかになり、六碗飲んだら仙人になった気がした。

七碗は飲めないが、もし飲んだら、両腋の下にそよ風が吹いて空に浮かぶだろう。

蓬莱山はどこにあるのか？　私はこの風に乗って飛んでいきたい。そこには人の世をつかさどる仙人たちがいて、人々の苦しみなど知らない。

孟さん、人々の生活はどうだろう？

Ⅲ　宋時代

◇茶を味わう歌――范 仲淹

毎年春の風は真っ先に東南部を訪れ、福建の建渓の谷川がさらさらと流れ始める。ほとりに生えている茶の木は天下に冠たるもので、古代の仙人が自ら植えたともいわれている。昨夜の雷が春の来訪を告げたので、朝霧の中、茶を摘む人たちがやってきた。それぞれに育った茶の芽はまるで珠玉のようだ。一日摘んでもかごいっぱいにならないのは、量より質を大切にしているから。茶の芽を心を込めて茶膏や月のように丸い茶餅に加工し、北苑の竜鳳団茶として天子様に献上するのである。

まず、高貴な人たちに茶林の中で味わってもらおう。炉は首山の貴重な銅で鋳たもの、水は江蘇鎮江の中冷の泉から持ってきた。緑色の茶の粉が飛び、翡翠色の茶が玉の碗の中で波打っている。味は醍醐に勝り、香りは蘭に勝る。おいしい茶だと評価された人は仙人の世界に登ったようで、そうでない人はがっかりだ。

茶よ！　汝は大自然が賜った精華、伝説のかぐわしい草より香り高い。飲めば心が清らかになって目が覚め、屈原になった心地がして、酔った劉伶もすっきりする。詩人盧仝が歌ったのももっともだし、茶聖陸羽が茶経を書いたのも当然だ。森羅万象の中で、すべてが茶を味わう。商山の四人の世捨て人よ、霊芝草を食べるのはやめたらどうか？　伯夷と叔斉よ、山菜で飢えをしのぐのはやめたらどうか？　茶があれば、長安の酒の値段が下がる。茶があれば、成都の仙薬もその名を失う。仙山に行って茶を飲むのが最高だ。心地よい風に乗って飛んでいこう！　茶の味わいは尽きることがない！

◇野菜スープの歌――蘇軾

私は南山のふもとに居を定めた。服飾、飲食、器物、用具は家のものと同じ程度だ。貧乏なので山海の珍味は味わえず、カブラやナズナを食べている。それらを煮るときも酢と醤油は使わないので、自然の味だ。簡単に手に入るのでいつも味わっており、そこで書いてみた。

窮迫した生活を哀嘆する。逃げているウサギのように不安におののき、各地を流浪している。何が原因か？　飢えで腹が減っているが、年数のたった穀物でしのぐしかない。好みの家畜を飼うこともできず、有難くも隣の人に野菜を分けてもらっている。

山の泉で洗い、新鮮な葉と根を拾う。かまどに火を入れて鍋に油を入れると、よだれが出てくる。鍋から熱い湯気が立つと、米と豆を加えてかき混ぜる。酢と醤油はないので、そのままの味だ。サンショウやシナモンの類も入れない。湯が沸騰すると鍋から音が聞こえてくる。そうすると強火にする。野菜が熱湯の中で上下し、濃いスープができあがる。芳醇で甘美だ。

碗に入れ、しゃもじと箸を準備して、朝と夕を過ごす。新鮮な野菜スープのにおいをかぐと、よだれが溢れるが、食べてみると牛、羊、豚、魚、ジャコウジカと同様においしい。易牙が料理の技術をもって斉の桓公に迎えられたことを蔑視する。傅説が野菜スープを使って商王武丁を補佐したことを超越する。味にかかわる道教の神が揉め事を引き起こすことをかまどの神は嫌っている。丘嫂が粥がないと偽って劉邦の友人をもてなさなかったのは、狭量だ。魏の将軍楽羊は自分の息子を殺して肉スープを作ったが、人間のやることではない。

私は心が穏やかで、老いても気持ちはゆったりしている。どのくらい食料があるか数えてみたが、長い間貧困にあえぐほどではない。肉を食べようとする災いを忘れ、野菜スープに安んじる。命あるものを殺さないので、「仁」だ。自身を誰にたとえよう？　歌舞が上手だった葛天氏の子孫だろう。

◇豚肉讃歌——蘇 軾

鍋をきれいに洗って、水を少し入れる。たきぎや雑草を燃やして、弱めの火を起こす。鍋に豚肉を入れて、とろ火でじっくり煮込む。あせってはいけない。やわらかく煮えるまで、ゆっくり待つのだ。火が行き渡ると、豚肉は極めつけの美味となる。

黄州にはこういう素晴らしい豚肉があるが、値段は泥土のように安い。身分の高い人やお金持ちは食べようとせず、貧乏人は「煮る」ことを知らない。私は朝起きると二碗煮て、腹いっぱい食べる。どうか構わないでくれ。

（訳者注：役人でもあった宋時代の詩人蘇軾が左遷されたときに書いたもの。この豚肉料理は「東坡肉」として現代まで伝わっている）

◇美食家の歌――蘇 軾

著名な古代の料理人包丁や易牙が調理をするなら、新鮮な水と清潔な器を使い、ちょうどよい加減の火を燃やす。食物を蒸したり煮たりしてから陰干しにすることもあれば、とろ火でゆっくり煮ることもある。

肉を食べるなら、子豚の首の後ろの部分の肉が最高だ。カニを食べるなら、霜が降りる前の肥え太ったカニのはさみが一番だ。サクランボを鍋でじっくり煮てジャムのようにするのもいいし、杏仁汁を蒸しておいしい菓子にするのもいい。アサリは半分成熟したものを酒に漬けて食べるのがいいし、カニは酒かすと一緒に蒸すのがいい。天下のこれらの美食が、私は大好きだ。

宴席では、桃李のように美しい女性が伝統のある楽器を奏でたり、美しい衣装で踊ったりするのがいい。貴重な南海のグラスにワインを注げば、最高だ。

先生の六十歳という長寿を私に少し分けてほしい。酒を飲んでほほが赤くなったが、音楽で目が覚めた。玉が落ちるような、細かい絹糸のような、絶妙な歌声が突然聞こえた。手がだいぶ疲れたが、ほとんど休まない。強い酒がおいしい料理のように思える。上等の茶を注ぎ、百の酒を置いた船を池に浮かべよう。秋の池の漣を味わい、楽しんでいるみんなは春の濁り酒に酔っている。

美人の歌舞が終わり、先生も目を覚まして、去ろうとする。そのとき、私は松風のような音を立て、カニの目のような泡を出し、名のある器で雪花茶を淹れた。先生が大笑い、何のこだわりもない。

◇大観茶論（序文）——北宋・徽宗皇帝

大地に生きる万物によって人の必要は満たされるものだと、古代から考えられてきた。穀物や果実で飢えを満たし、麻や絹、綿で寒さを防いできたので、これらが必需品であることは大人も子供も知っている。景気がどうであれ、必ず生産しなければならないものだ。茶というものは、山川の霊気を凝縮し、美しい性を持っている。それを飲むと心の煩いがなくなり、憂いを取り除いてくれる。閑雅で穏やかな気持ちをもたらしてくれるものであることは子供でも知っているのだ。茶を飲めば純粋で淡白な気持ちになり、高雅でゆったりした気分になる。いつも慌てふためいている人にはこの情趣は理解できないだろう。宋という国を作ってから、毎年建渓一帯に使者を派遣して茶葉を献上させてきた。「竜団」、「鳳餅」などは天下に冠たる名茶となり、壑源の茶葉も評価を高めてきた。今日に至るまで、復興が大いに進んで天下も安定し、君主も家臣も国づくりに励んできたので、幸いにも太平の世を迎えることができた。

役人も商人も平民も朝廷の恩恵に浴し、道徳的な薫陶を受け、社会にはみやびやかな雰囲気が漂い、茶を飲み味わう風潮が出てきた。収穫される茶葉はだんだん上質になり、加工技術も進歩を続けているので、茶の品質は高まりを見せている。湯を沸かし茶を淹れる技術も向上してきているので、まさに空前絶後だ。物事の盛衰は運が大きくかかわるのは当然だが、世の中の情勢とも関連している。時局が動揺して人心が落ち着かず、民衆は疲労困憊して生活のために奔走しなければならず、食べていくのがやっとという状況では、茶を味わっている余裕などないだろう。現在、太平が続き、人々の生活は快適で物資も豊かだ。日常の生活用品も充足しているので、天下のインテリたちは、清浄で高雅な生活を追求している。音楽に陶酔したり、新しい茶を味わったりだ。茶葉を盛るかごの優劣を競ったり、茶葉の味わいを比べ合ったりしている。インテリではない人でも、こういう時代には茶葉を収蔵していることを恥じることはない。茶は、まさに時代の流行だと言えるだろう。この太平を極めた時代、人に才能を発揮してもらうだけではなく、茶という素晴らしい植物に十分に役に立ってもらおうではないか。私はひまで時間があるので、茶を深く研究し、その奥義を体得した。後世の人のためにそれらのすべてを記す。十二編に分け、「茶論」と名付ける。

Ⅳ　明時代

◇「養生四要」寡欲編から――万全

《節食節酒のすすめ》

孔子は養生に注意しており、肉は多く食べても、五穀の気を損なってはならず、「清淡」を大切にしなければならないと言っていた。礼節のためには酒を飲みすぎてはならず、節制のためにはものを食べすぎてはならないと教えていた。普段から健康維持に注意していたのである。それゆえ、自分は病気ではないという自信があったので、康子の贈った薬を飲まず、自分は神様に逆らうことはしていないという自信があったので、子路の祈祷を断った。普段から健康に注意せず神様に逆らっていたら、医者や祈祷師も何の役にも立たない。

人には生まれつきの嗜好があるが、どうすればいいのか。魯皙が羊肉とナツメを好んでいたようなケースだ。が、そういう嗜好が強すぎると、必ず病を招く。キジやハトを特別に好んで食べる人は、皆のどの病気にかかっている。医者が「半夏の毒」と診断してショウガで解毒しなければ、これらの人は食習慣が原因だとは知らずに死んでいくだろう。

普段の量を大幅に超えて食べすぎると、胃腸を損なってしまう。限度というものを知っておかねばならない。胃腸は、水分と食物をためておく場所だ。限度を超えて食べすぎると胃腸がパンクしてしまい、吐き出してしまう。吐き出せなかったものは消化不良となる。水分がうまく排泄されないと体内にたまり、食物がうまく消化されないと体内に蓄積し、多くの病を誘発する。邵子も「おいしいものを食べすぎると病になり、快楽が多すぎると災いを招く」と言っているが、その通りだ。それゆえ、酒を飲みすぎると、体内の気を逆流させてしまうのである。酒には甘みと苦みと辛みが備わっており、気を熱くする作用がある。苦みは腎によく、辛みは肺によく、甘みは脾によいので、適量であれば人体を保護し、血行を促進する。「詩経」に「春に醸した酒は香り豊かで、老人が飲むと元気になる」と書いてある通りだ。酒自体は健康長寿に欠かせない飲み物で、節度を持って飲むため、古人は「爵」という小さな器を使用していた。が、大きな器で飲むと体を損なう。船と同じで、積み荷が適量だときちんと運べるが、多すぎると転覆してしまうのである。体に有益だからと言ってどんどん飲むのは、不摂生だ。飲みすぎて酔ってしまうと、まず肺が傷つく。肺は人体の気を運行する器官なので、そこが傷つくと、体内の気が逆流し、吐いたり鼻血が出たりする。危険なことだ。体も悪くなってしまう。飲みすぎは体を損なうと覚えておかねばならない。

酒は人の情操を陶治し、血の巡りを促すものだが、飲みすぎれば人の気を損なって精神を錯乱させ、胃腸を傷つける。それゆえ、昔の禹という王様は油と酒を嫌い、周公は「酒誥」という禁酒令を出し、衛の武公は「賓筵」という詩を詠んで酒にふけらないよう人々を戒めた。しかし、愚かなことに、酒におぼれる人は日ごとに増えているようだ。

◇「遵生八箋」から――高濂

《一日三食、養生の道》

1. 起床

朝は鶏の鳴き声で目覚めるのがいい。目覚めてから一回か二回息を吐き、夜間にたまった毒素を放出するのである。その後両手をこすり合わせて温め、両目の上に置く。少なくとも五回これをやる。その後耳たぶのマッサージだ。揉んだり、ひねったり、引っ張ったり、前後に動かしたりする。次に頭部のマッサージ。中指と人差し指で後頭部を軽くたたく。二十四回だ。そして体を伸ばし、腰をまっすぐにする。

2. 朝食

そして口を漱ぎ、朝食の準備を始める。舌の先で口の中をマッサージした後、起床する。気候に応じて適切な服を着て、白湯を一杯飲む。その後胃薬を飲んでもいい。いよいよ朝食の始まりだ。粥を一碗か二碗、それに野菜を少しつけるのが一番いい。辛い物や硬い物は食べないこと。胃腸を快適に保つためだ。

3．午前中の過ごし方

家の中を五十歩か六十歩歩いたり、香を焚いて仏様に祈りをささげる。子供の勉強をみたり家のことをしたりするが、すべて喜びながら行い、怒ってはならない。庭に入って野菜や草花の種をまいたり、水をまいたり耕したりしてもいい。時には花を摘んで書斎に飾れば、楽しい。目を閉じて禅を組むのもいいだろう。とにかく、午前中は楽しい心を保ち、怒るようなことがあってはならない。怒りは体を傷つけるからだ。

4．昼食

昼食の時間だ！　だが、食べ過ぎてはいけない。おいしいからと言ってどんどん食べるのはだめだ。味が濃くて刺激のある食べ物は控えるべきだ。食事のあと、緑茶で三回か四回口を漱ぎ、歯に挟まったかすを取り除く。食後はちょっとした散歩に出て、心身をリラックスさせるのがいい。

5．午後の過ごし方

書斎で勉強する。客とともに菓子を食べ、緑茶を飲むのもいい。中華粽や脂っこいものは避けたほうがいい。天気によって衣服を調節すること。

6．夕食

夕食の前に体を少し動かして、血の巡りを良くしておくのがいい。夕食はしっかりとるのが肝要で、酒をたしなむのもいいが、飲みすぎてはならない。酒は体を温め、血の巡りを良くする。

7．就寝

夜ふかしはいけない。就寝前に漢方薬を飲むのもいい。寝るときは過去の過ちを思い煩ってはならない。そうでないと悪い夢を見る。枕元に水を一杯置いておき、夜中にのどが渇いたら飲む。適度に香を焚けば、よく眠れる。

V　明から清にかけて

◇「陶庵夢憶」から――張岱

《禊泉》

ある役人が私の祖父を訪ねて茶を飲んだが、とてもおいしかったので「どこの水を使われたのですか?」と尋ねた。祖父が「恵泉の水です」と答えると、その役人は振り返って侍従に「私の家は恵泉の近くにあるのに泉の水を飲んだことはなかった。覚えておきなさい」と言った。董日鋳さんはいつも「茶については濃、熱、満の三文字が肝要だ。それさえマスターすれば陸羽の『茶経』も必要ない」と言っていた。この二人の言葉を聞くと、紹興の人の純朴さがわかる。

私はアルカリ性の水は飲めず、恵山泉の水は手に入れるすべがない。万暦四十二年（一六一四年）の夏、斑竹庵を通ったとき、そこの井戸の水を一口飲んだが、玉を口に含んだような涼しさを感じた。水の色を観察すると、秋の月の空のようだった。山洞から淡い霧がたなびいて、松や岩の間をめぐっていた。その井戸の口の部分には「禊泉水」という三文字が記され、王羲之の書体に酷似していたので、いっそうの不思議さを感じた。その泉の水で茶を淹れると、すぐに香りが漂ってくる。汲んだばかりの水は石の匂いが少し残っているので、三晩置いて散らしたほうがいい。禊泉の水は飲んでこそわかる。口に含んで舌を動かすと、瞬時に腹に落ちる。それが禊泉の水だ。この水のすばらしさを信じて、毎日汲みにくる人もいれば、酒を醸したり、茶館を開く人もいる。それを売ったり、役人にプレゼントする人もいる。董方伯は浙江地方の役人だったが、この水をとても好み、泉が枯れてしまうのを心配して、他の立ち入りを禁じてしまった。会稽の陶渓、蕭山の北干、杭州の虎跑などの泉の水は禊泉とは比較にならない。恵山泉の水ならいい勝負だ。紹興にいると、恵山泉は遠いので、新鮮なものは味わえず、禊泉のほうがいい。私の召使が仕事をサボって禊泉の水を汲みにいかず、別の水でごまかしたので、処罰した。彼は誰かが告げ口をしたと思い込んだが、私が彼の汲んできた水を口に含み、どこのどの井戸の水か当てると、驚き納得した。かつて淄の水か澠の水か、口に含んだだけで当てられる人がいると聞いたときは、誇張ではないかと思ったが、私なら容易に当てられる。料理の名人易牙も同じだ。一緒に長く仕事をした友人趙介臣はそれを信じなかった。が、私が転勤で家に帰ると、「家の茶がおいしくない。どこの泉の水か当ててくれ」と言ってきた。

《閔汶水老人の茶》

周墨農がかつて私に「閔汶水という人は真の茶の達人だ。口に入れなくても茶のよしあしがわかる」と言ったことがある。

そこで私は崇禎十年（一六三八年）九月に南京に行った。船が岸に着くや否や飛び降りて、閔汶水さんを訪ねた。午後だったが、彼は用事で出ていて、晩くなってから戻ってきた。髪がぼうぼうの老人だった。話しかけると、彼は急に立ち上がり、「杖をどこかに忘れた」と言って、出ていった。「今日来たのは無駄だったか」とつぶやき、私はずっと待っていた。だいぶたってから老人は帰ってきたが、私を見て驚き、「まだおられたのか？なぜですか？」と言った。私が「ご老人を久しくお慕いしていました。ご老人の淹れられた茶が飲めるまで帰りません」と言うと、汶水老人は喜んで茶を淹れてくれた。あっという間に茶を淹れた老人は清潔で明るい部屋に私を連れていったが、荊渓壺、成宣窯など十数種類の精緻な茶具が置いてある。茶の色を観察すると、茶具とあまり変わらず、香気が迫ってくる。私は「すばらしい」と叫び、汶水老人に「どこの茶ですか？」と尋ねた。汶水老人は「閬苑の茶です」と答えた。私がさらに一口含んで「うそを言わないでください。製法は閬苑茶ですが、味が違います」と言うと、汶水老人はにっこりして「それではどこの茶だとおっしゃるのですか？」と話した。私がまた一口含んで「羅岕の茶のようです」と言うと、老人は驚いたような顔をした。続けて私が「どの水で淹れたのですか？」と尋ねると、老人は「恵泉の水です」と答えた。私が再び「うそを言わないでください。恵泉はここから数百キロもあります。運んでいるうちに水の味が変わってしまうでしょう。この水は玉のようにさわやかです。なぜでしょう？」と言うと、汶水老人が話した。「あなたは茶がおわかりのようです。もうごまかしはしません。恵泉の水を汲む前にまず泥や砂を洗い落とし、夜に湧き出たばかりの泉水を汲んで新鮮さを確保するのです。そして、水を入れる甕のそこに小石を敷き詰めて清らかさを確保します。風が吹いたら船に乗るのですが、泉水と小石がぶつかり合って、いきいきとした香りが保たれるのです。普通に汲んだ泉水よりもレベルが上の水になります。ましてや他の水とは比べ物になりません」

閔老人は私を褒め称えた。しばらくすると、彼は別の急須を持ってきて、「この茶を味わってみてください」と言った。「濃烈な香りと芳醇な味。これは春茶ですか？　さっきお淹れになった茶は秋に摘んだものだったみたいですが」と私が言うと、汶水老人は大笑いして「私はもう七十歳ですが、あなたほどの茶の達人は初めてです」と言った。二人は無二の親友になった。

《乳酪》

商人から買った牛乳は新鮮味が失せているので、美味とは言えない。私は自分で牛を一頭飼い、毎晩乳を搾る。朝になると三十センチくらいの壺がいっぱいになっているので、銅の鍋で煮る。五百グラムの乳に四瓶の蘭雪の汁を加え、繰り返し煮るのもいい。神様の飲料のようなものができる。雪のように真っ白で、心に沁みいるような蘭のかおりがするすばらしいものだ。それに美酒を加えて蒸したものを熱いうちに口に入れると、とてもおいしい。豆の粉を混ぜて豆腐にしたものなら、冷めた後に食べるのが一番だ。サクサクになるまで炒めたり、酒を使って凝固させたり、塩で漬けたり、酢であえたり、それぞれにおいしい。蘇州のある人は乳酪をサトウキビの汁で煮てから漉し、いろいろな加工を施して帯骨鮑螺という菓子を作る。天下の人が美味だと讃えているが、その製法は秘密で、父子であっても簡単には伝えない。

《カニを食べる会》

塩や酢などの調味料を加えなくても味がそろっている食べ物といえば、河カニだ。穀物の収穫時期である十月ごろが一番おいしい。殻は突起があって皿と同じぐらいの大きさ。こぶし大のはさみと脚の肉は濃密で豊かだ。殻を開けると中身は芳醇な玉のようで、こってりした味が蓄積され、比肩できるものがないほどの美味。

十月になると、友人や兄弟、親戚と一緒にカニを食べる会を開く。午後に一緒にカニを煮て食べるのだが、一人当たり六匹。冷めると生臭くなるので何度も煮る。テーブルには、アヒルの燻製や乳酪も出る。アヒルのスープで煮たハクサイはまるで玉でできたタケノコのようだ。ミカンやクリ、ヒシの実も食べる。美酒を飲みながら野菜や果物を食べ、杭州で収穫したばかりの新米を味わい、蘭雪茶を口に入れる。今思い起こせば、天上の料理人が作った神様の食べ物のようにおいしい。酒もご飯もおなかいっぱい、少し恥ずかしい。

Ⅵ　清時代

◇「閑情偶寄」飲食編から――李　漁

《菜食について》

人間の体を見るに、目、耳、鼻、舌、手、足、胴体などどれも欠かせない。不要ではあるがやむなく備わっているものといえば、古来人の生活の足手まといになってきた口と腹だ。口と腹を備えてから、生計の苦労が多くなり、生計の苦労が多くなると、うそや詐欺なども現れる。そうなると各種の刑罰も設けなければならなくなる。つまり王様は仁愛を施せなくなり、父母も家族への恩寵を実現するのが困難になる。造物主も生命への愛という自らの気持ちに反せざるを得なくなるのだが、これも口と腹という余計なものを人間に与えたからだ。

草木は口と腹がなくても、正常に生長している。山と石、土も飲食はしないが、育っていないとは聞かない。どうして人類にだけ口と腹があるのか？　たとえ口と腹があったとしても、魚やエビと同様に水を飲み、セミと同様に露を吸っていれば、気楽に飛んだり跳ねたりできる。そうなれば世に求めるものもなくなり、生きていても何のわずらいもない。

しかし、造物主は人類に口と腹を与え、多くの嗜好と欲望も与えた。それにはとどまりがなく、満足させることもできない。一生力を尽くして口と腹のために働いても、足りないくらいだ。

何度考えても、これは造物主の過失だが、造物主が自らの過ちを悔いているのも確かだ。だが、決まってしまったものを変えるのは困難なので、それなりに受け入れるしかない。ああ、軽率に物を決めてはいけないのだ。私がこの本を書いて飲食について論じるのは、節約を大切にして贅沢に反対し、造物主の過失をカバーしたいからだ。そうすれば民衆のわずらいもなくせる。もし人々の食欲をいたずらに刺激すれば、鳥も獣も昆虫も絶滅してしまう。そういう風潮がだんだん強くなってきているのではないだろうか。易牙のように料理で出世する人が出現するとは思わなかったし、嬰児を殺して権力者にささげる事例が出てくるとも思わなかった。過ちを繰り返してはならない。造物主の過失を、戒めとしなければならない。

音楽については、弦楽よりは管楽がよく、管楽よりは声楽のほうがいい。自然に近いからだ。飲食については、精緻に調理した肉よりは普通の肉がよく、普通の肉よりは野菜のほうがいい。これも、自然に近いからだ。草の衣を着て菜食をするのは上古の時代の習慣だが、当時の人は脂っこいものは遠ざけ、野菜を好んで食べていた。上古の人のように腹に肉ではなく野菜を入れるのは、骨董品を尊ぶのと同じ理屈だ。不思議なことに、人々は古を尊ぶことを忘れ、菜食は仏くさいとか異端とか言っている。が、これは大きな過ちだ。私は「飲食編」を書いて、菜食を提唱し肉食を批判しているが、その目的は倹約を尊び、古を復活させることだ。生命は大切であり、それを奪うことにはきわめて慎重でなければならないという信条を固く持っており、一刻も忘れたことはない。

《タケノコ》

菜食のおいしさは、淡くて清潔、香り豊かでさっぱりしていることにある。それは肉食に勝ることを人々は知らない。漢字で表現すれば、「鮮」だ。礼記に「甘美なものは味をつけるのが容易で、白いものは色をつけるのが容易」という言葉があるが、「鮮」こそ甘美の源だ。この楽しみは、山に住んでいる和尚と野外に住んでいる人、自ら作物を植えている人しか味わえない。都会にいて八百屋で野菜を買っている人には、無理だ。が、都会であろうと山村であろうと、家の近くに菜園があって、好きなときに収穫して口に入れられる人なら、この楽しみを享受できる。

タケノコについては、山林に生えているものだけがよく、都会のものは、たとえ香りがよくても、二流品だ。タケノコは野菜の中で最も味がよく、羊肉や豚肉など比べ物にならない。タケノコと肉を同じ鍋で煮て、同じ皿に盛って出すと、人々はタケノコだけを食べて肉は残す。このことからもタケノコの貴さがわかるだろう。市場で買ったものでさえそうなのだから、山で採ったばかりのものなら、どれほどすばらしいか。

タケノコの調理方法はとても多く、すべてを記すのは無理だ。ただ「菜食は白湯を使うのがよく、肉食は肥えた豚を使うのがよい」という言葉にまとめられる。タケノコを調理するとき、ごま油のような調味料と混ぜると、それがタケノコの「鮮」を奪ってしまうので、本当の味が損なわれる。白湯で煮て、醤油を少し加えるのが正確なやり方だ。タケノコのようなすばらしい素材は、単独で調理するのがいい。肉と一緒に煮るのなら、牛、羊、鶏、アヒルはだめで、豚肉の脂身の多い部分がいい。その部分の甘みがタケノコに吸収され、「鮮」を極度まで感じることができる。煮立つ直前に肉を取り除き、スープも半分しか残さず、澄まし汁を加える。調味料は、酢と酒だけを使う。これがタケノコを肉と一緒に調理する方法の概要だ。タケノコは単独で食べても何かと一緒に煮ても、美味だ。野菜であれ肉であれ、タケノコと一緒に調理できる。

野菜の中でタケノコが占める地位は、漢方薬のカンゾウと同じで、必需品であり、他の食べ物を引き立たせる。搾りかすではなく、汁を用いるのだ。料理上手なコックはタケノコを煮た汁は必ずとっておき、他の料理の味付けに使う。食べる人は「鮮」を感じるが、それがタケノコに由来するとは思いもしない。「本草」には多くの食物が記載されているが、体にいいものがおいしいとは限らず、おいしいものが必ずしも体にいいわけではない。両方を備えているという点では、タケノコに勝るものはない。蘇軾は「食べる肉がなくてもいいが、竹のないところには住めない。肉がなくてもやせるだけだが、竹がなければ『俗』になってしまう」と言っているが、「俗」という病を治せるものが「やせる」という病を治せることを知らなかったようだ。すでに育った竹かタケノコかの違いだけだ。

《キノコ》

タケノコ以外で鮮と美味を兼ね備えたものといえば、キノコしかない。キノコには根もへたもなく、突然生えてくる。山川草木の気を集めて形成され、形はあるが実体はない。実体のあるものにはかすがあるものだが、実体もかすもないのである。キノコを食べると山川草木の気を体に吸い込むことになるので、健康にいい。命を奪うような毒キノコもあるが、「本草」によると、蛇や虫がその上を爬行したのが原因だそうだ。私はそうは思わない。丈のあるキノコだと、蛇や虫はその上を爬行できないではないか。ましてやキノコは弱いので、蛇や虫の体重を支えきれない。たぶん、地下の蛇や虫の毒気をキノコが吸い込んだのだろう。毒キノコかどうかを見分ける方法があるので、毒のないものだけを食べるようにしたい。キノコ類はそれだけで食べてもいいが、いくらかの肉類と一緒だとおいしさが増す。キノコには清らかな香りがあり、そのスープには無限の「鮮」があるからだ。

《ジュンサイ》

陸上のキノコと水中のジュンサイは、清淡かつ美味な食べ物だ。この二つにカニみそと魚の胸肉を加え、「四美のスープ」を作ったことがある。客はみな「おいしい」と言い、「これからはほかの食べ物を食べる気がしない」と言っていた。

《ウリ、ナス、ユウガオ、イモ、ヤマイモ》

これらは、果実ができる野菜だ。おかずになるだけではなく、主食としても使える。これらを皿に盛れば、穀物を節約できる。一つで二つの役に立つので、実に貴重だ。貧乏人にとっては、穀物を買うのと同じ意味がある。

ただ、注意事項がある。トウガンとヘチマは生煮えに注意、キュウリとマクワウリは煮えすぎに注意だ。ナスとユウガオを煮るときは、みそと酢を使うのはいいが、塩はだめだ。サトイモはそれ自体に味がないので、他のものと一緒に煮て味をつける必要がある。ヤマイモはそれだけでも、他のものと一緒に煮てもいい。塩やみそ、酢を使わなくても、それ自体がおいしく、何にでも使える。

《ネギ、ニンニク、ニラ》

この三つは、野菜の中でも特ににおいが強い。チャンチンは香りがすばらしいが、ネギ、ニンニク、ニラはにおいがひどい。が、チャンチンを食べる人は少なく、ネギ、ニンニク、ニラを食べる人は多い。なぜか？　チャンチンは味が薄く、ネギ、ニンニク、ニラは味が濃いからだ。においがひどくても味が濃ければ人々に愛され、香りがよくても味が薄ければ相手にされない。人生と似ている。ネギ、ニンニク、ニラを絶対食べず、チャンチンもあまり食べない人は、人徳があるのだろう。

私は、ネギ、ニンニク、ニラを区別して扱っている。ニンニクは永遠に食べない。ネギは食べないが、調味料として使うことはある。ニラは年をとったものは食べないが、若くて柔らかいものは食べる。若くて柔らかいニラは変なにおいがせず、すがすがしい。子供の純粋な心と同じだ。

《ダイコン》

生のダイコンをみじん切りにして、酢などと混ぜたものは、粥に一番合う。ただ、食べたら臭いげっぷが出るのが難点だ。私は他人のげっぷのにおいをかいでその臭さを知ったので、ダイコンを食べる気がなくなった。しかしダイコンはネギやニンニクと異なり、生のものには臭みがあるが、煮ると臭みが消える。最初は小人物だと思った人が実は君子だった、というのと同じだ。小さな欠点はあるが、許容すべきだろう。それゆえ、やっぱり食べようと思う。

《カラシナの汁》

ショウガと似た性質のものといえば、カラシナだ。辛い汁を作ろうと思えば、年をとったカラシナがいい。年をとればとるほど辛くなる、ということだ。他の食物と混ぜても、よく合う。まっすぐな君子と向き合ってまっすぐな意見を聞いているような味わいで、疲れた人の疲労を取り除き、ふさいでいる人の心を広くしてくれる。人を爽快にする食物だ。私は食事のときは、必ずカラシナの汁を用意する。孔子が食事のときに必ずショウガを食べたのと同じだ。

《穀類を食べる》

食物は人を養うが、それは五穀によるものだ。もし大自然に五穀しかなかったら、人類は現在よりも健康長寿で、病の苦しみも夭折の煩いもなかっただろう。鳥は穀類だけを食べ、魚は水だけを飲む。一種類のものだけで生きており、酒やさまざまな料理を口にすることもない。それゆえ鳥も魚も人間に殺されるだけで、病死するなど聞いたこともない。寿命が尽きて死ぬだけなのかもしれない。つまり、一種類の食物だけを食べるのが長生きの方法なのだ。

不幸にも、人は多くの料理に害されている。多くの食物によって身を損ない、一刻の安静も得られない。人の病気と早死には、飲食の煩雑さと放逸なる欲が原因だ。これは人間の過失ではなく、神様の過失だ。口と腹は人に益をもたらすはずだったが、かえって人を損なっている。人がもし命を大切にするなら、一種類の食物しか食べないというのは無理でも、一種類の食物を中心にすべきだ。そうすれば多種類の酒や肉を食べても、消化能力を超えさえしなかったら、損害があってもたいしたものにはならない。

《ごはんと粥》

ごはんと粥は、日常の家庭生活に必須の食品であり、それを作る原理は誰でも知っている。私があれこれ言う必要があるだろうか？　が、上手な主婦なら知ってはいるが口には出さないことが二つある。姑や母になったつもりで、それを話そう。

まず、ざっくり言うと、ごはんを炊くときは、内部が生で表面だけが煮えたり焦げたりしているのはだめだ。粥を煮るときに、米が下に沈み上は澄まし汁だけというのはいけない。火の通り具合が不均等だとそういう事態になるのだが、少しでも料理のできる人ならこういうへまはやらない。

第二に、粥を煮るときは水を足さず、ごはんを炊くときは水を減らさない、ということだ。水の量は米の量に応じて決めるのだが、きちんとしたスタンダードがある。医者が薬を煎じるときと同じで、スタンダードに基づいてやらないとうまく煎じることができないし、薬の効き目もなくなってしまう。ごはん作りの下手な人はそのスタンダードがわからず、粥を煮るときは水が少ないのではと心配し、ごはんを炊くときは水が多いのではと心配する。そして米を炊いた汁を捨ててしまうこともあるのだが、米の精髄は汁の中に含まれているので、精髄そのものを失ってしまうことになる。精髄がなくなれば残るのは滓だけで、おいしいはずがない。粥を煮終わると、汁と米がよく混じり、米で醸した酒に似た感じになる。濃すぎるのではないかと心配し湯を加えてしまうと、酒に水を混ぜるのと同じで、滓のようになる。もちろん味も悪くなる。それゆえごはん作りの上手な人は、水の量をきちんと見極め、火が均等に行き渡るようにするのである。

《小麦粉》

南方の人はコメを食べ、北方の人は小麦粉を食べる習慣がある。「本草」に「コメは脾を養い、麦は心を補う」とあるが、それぞれにいいところがある。一年中一種類の主食しか食べないというのは、口と腹を不当に扱っていることになるし、心と脾を大切にしていないことにもなる。私は南方人だが見た目は北方人に似ており、剛直な性格も北方人と同じだ。一日の三食は、二回はコメを食べ、一回は小麦粉を食べる。南北の中間を行くもので、心と脾の健康にいい。が、私の小麦粉の食べ方は、北方人のそれとは異なり、南方人のやり方とも違う。北方人が小麦粉を食べるときはクレープ状のものにするのを好むが、私は麺状のものにする。この点は南方人と同じだ。南方人は油や塩、みそや酢などの調味料をスープに仕込み、麺には味をつけない。スープは重視するが麺は重視しておらず、これでは麺を食べていないのと変わらない。

私のやり方はそれとは異なり、各種の調味料を麺に仕込む。麺は味が豊富だが、スープはあっさり、ということだ。まさに麺を食べるのである。私が作るのは「五香麺」と「八珍麺」の二種類だ。五香麺は自分用で八珍麺は来客用、質素と贅沢を分けている。五香とは何か？　みそ、酢、コショウの粉、ごま屑、タケノコもしくはキノコを煮たもので、エビの煮汁をスープとして使う。最初にコショウの粉とごま屑を小麦粉に練り込み、次にみそと酢を混ぜる。均等に混ざるようにしっかりこねて、薄く引き伸ばした後、細い麺に切り、湯をくぐらせる。すべての精華は麺の中にあり、じっくり味わうに値する。

八珍とは何か？　鶏、魚、エビの三種の肉を天日干しにした後、タケノコ、シイタケ、ごま、サンショウの四つと一緒に混ぜて粉末にし、小麦粉に練り込む。それにスープを加えれば、全部で八つだ。みそと酢は使っても数に入れない。日常使うもので「珍」とは言えないからだ。鶏と魚の肉は、油のあるものはだめだ。油があると小麦粉が散ってしまい、いい麺ができない。スープは肉の煮汁は使わず、タケノコとキノコもしくはエビの煮汁を使うが、それも油がタブーだからだ。三種の肉の中では、エビの肉が一番使い勝手がいい。粉末にするのも簡単なので、多めに蓄えておけば、急ぎの時に使える。自分で五香麺を食べるときの味付けに使ってもいいのである。小麦粉を混ぜるときに、卵白を使うといい。

多くの人が知っていることなので、最初ではなく最後に書く。剽窃と間違われたら困るから。

《肉食について》

「左伝」の「肉食は卑しい」という言葉は肉食をけなしているのではなく、肉食者がはかりごとが下手なことをけなしているのである。肉食者がはかりごとが下手なのは、脂っこい肉汁が固まって脂肪となり、胸をふさいで知恵のめぐりを悪くするからだ。これは私の憶測ではなく、ちゃんと実証されている。

草食動物はずるくて賢い。虎だけが人を食ったり、他の野獣を食ったりする。虎が野獣の中で最も頭が悪いことは、書物にも書いてある。「虎は子供を食べない」というが、食べないのではない。子供は虎の怖さを知らないが、それで虎は子供を勇士だと思い込み、避けるのだ。「虎は酔っ払いを食べない」というのも、酔っ払いの狂態を見て虎は何かの技を持つ強敵だと思い込むのである。「虎苑」という書物に「虎は爪と牙で犬に勝つ。爪と牙がなくなれば犬が勝つ」と書いてある。つまり、虎が他の動物に勝ってそれを食べるのは、猛々しいからで、それ以外は何のとりえもない。「勇ではあるが謀はない」というのはまさに虎のことだ。虎がおろかなのは肉ばかり食べて他の食べ物を食べないからで、脂肪が胸をふさぎ、知恵が湧かなくなっているのだ。

「肉食者は卑しく、遠謀がない」ということは証明されている。私は肉食を宣伝はするが、やはり少なくしたほうがいいと考えている。虎の猛々しさはないがおろかさだけが増し、猛々しさがあっても知恵は回らない。これは養生によくない。

◇「食憲鴻秘」から――朱 彝尊

《飲食の際に気をつけること》

食物には酸っぱい、甘い、苦い、辛い、塩辛いの五つの味があるが、味つけは薄めにするのがいい。そうすれば気分もさわやかで、病気にもなりにくい。飲食の際は清潔が大切だ。酸っぱいものを食べすぎると脾を損ね、塩辛いものを食べすぎると心を損ね、苦いものを食べすぎると肺を損ね、辛いものを食べすぎると肝を損ね、甘いものを食べすぎると腎を損ねる。生ものと冷たいものは体に良くない。

生で冷たい野菜や果物を食べると、目と耳を損なう。ロバや馬でも目がただれるくらいだから、人間の場合はなおさらだ。野菜や果物を食べる際は、夏だけではない、一年を通して注意が必要だ。

老人であれ若い人であれ、夏にじっくりと調理したものを食べておくと、秋になってもおなかを壊さない。おなかの温度を保ち血気旺盛にしておけば、病気になることはない。

食べすぎも、早食いもだめだ。空腹時に茶を飲むことと食後に酒を飲むこと、夕飯を夜遅く食べることはタブーだ。深夜に酒に酔ったり、腹いっぱいに食べたり、歩きすぎたりしてはいけない。

夏の暑い盛りでも、冷たい水で手や顔を洗うと五臓が枯れ、体液が減少する。冷水浴などもってのほかだ。怒った直後にものを食べてはならず、食事の直後に怒ってはならない。肺や肝を損なったり、脾や胃を損なったり、心や腎を損なったり、気を損なったりする食物があるので、注意しなければならない。

ご飯は軟らかめに蒸し、肉も軟らかくなるまで煮て、酒は控えめにして、夜は一人で眠る。これこそ養生の秘訣だ。脾は消化吸収の機能を持つが、夜に食べ物を食べた後眠ってしまうと、機能しない。「周礼」に「楽を以て食をすすむ」とあるが、音楽は脾の機能を促進し、消化を促す。夏は昼が長く夜が短いので、消化のため夕食は少ないほうがいい。

新米で粥を煮るときは、薄すぎても濃すぎてもだめで、熱いうちに食べるのがいい。朝であれ晩であれ、おなかがすいたときに少しずつ食べるようにすると養生にいい。

食事のあとはゆっくり散歩し、手で顔と腋、腹をマッサージし、頭を上に向けて四回か五回深呼吸をすれば、食物の中の健康に不利な物質を取り除くことができる。

飲食は、冷たすぎるのも熱すぎるのもだめだ。熱すぎるものを食べると火の気が蓄積して毒素となり、病を招く。

適度な飲酒は気分を良くして、血の巡りを改善する。しかし、飲みすぎると病気になる。とくに、おなかがいっぱいのときに酒を飲んではいけない。

酒は年を経たもの、長く寝かせたものがいい。酸っぱくなっているものや濁りが出てきたもの、発酵が不完全なもの、そしてことに冷たい酒は飲んではいけない。清らかで芳醇、純粋で穏やかな味の酒がいい。がぶ飲みと早飲みは、肺を損なうからよくない。また、下品でもある。

しかし朝出かけるとき、酒を一杯飲めば風邪の予防になる。酒がなければ、ショウガを一切れ食べてもいい。焼酎は一時的には寒を防ぐが、血を損ない、のぼせが生じ、目に害を及ぼし、ひげも髪も白くなるので、飲まないほうがいい。薬を作るとき、豆腐を調理するとき、トウチやダイコンを食べるときは、焼酎が向いている。

一般的に、四季を通して、茶の飲みすぎはよくない。ただ、満腹の時に茶を一杯か二杯飲むのは不可欠だ。消化を促進し、脂肪分を取り除き、あぶったり焼いたりしたときに生じた毒素を消すからだ。とくに、空腹時の茶はタブーだ。茶は寒の性質があるので、熱いうちに飲まねばならない。冷たい茶を飲むと病気になる。

飲食をする人は三種類に分類できる。

第一は、飲んだり食べたりすることにしか関心を向けない人たちだ。こういう人たちは、味はどうでもよく、量が多くておなかがいっぱいになりさえすればいいと考えている。こういう人たちはおろかだと思う人もいるだろうが、本人は量さえあればよく、有害か有益かということには興味を持っていない。

第二は、ひたすら美味美食を追求する人たちだ。こういう人たちは様々な料理を味わうことに力点を置き、虚名を大切にする。美味美食や新鮮な野菜果物は、生であれ調理を加えたものであれ、すべてを味わおうとする。そして、各種の山海の珍味のことを普通のものとは異なる素晴らしい料理だなどと言っている。味のいいものは何でも食べてしまいたいのだ。しかし、食物には人体に有利な部分もあれば不利な部分もある。新鮮なものを食べすぎると脾を損なうし、焼いたものを食べすぎると鬱血や失血を起こす。有毒な部分が容易に発見できない食物もある。こういうのは欲望の充足のみを求め、命を顧みないやり方だ。虚名のみを求めて財産を浪費しているばかりか、食物の本当の味を理解していないケースも出てくる。こんなになってはいけない。

第三は、養生に注意する人たちだ。一晩寝かせてきれいに濾過した水を飲み、雑物を取り除き、変質していないいい米でご飯を炊く。野菜や肉も普通に見かけるものを食べるが、新鮮で清潔な食材を選び、適切に調理する。珍味は追い求めず、食物本来の味を大切にする。変わった調理技術にふけることはせず、心身の健康に役に立つかどうかを基準にする。そうして節約したお金を用いて、水や米、普通の野菜をしっかり洗い、人体の需要にマッチした調理法を求める。まさに神仙だ。

一度の食事で多くのものを食べてはならない。せいぜい一種類か二種類のおいしいものが食べられればいい。他においしいものがあったら、おなかの中のものが完全に消化されるまで待ってから食べるのがいい。食事のたびに、おなかに数十種類の味の食物を詰め込んでいれば、五臓が耐えられないだろう。その上食物の性格は複雑なので、食物同士の食べ合わせの問題も発生しかねない。この点も、注意が必要だ。

《粥について》

粥は井戸水で煮ればいい香りがしておいしいが、川の水で煮ると味が薄くなる。が、数晩寝かせた川の水で煮るととてもおいしい。暴雨の後の井戸水で煮ると、薄い味になる。

【神仙粥（風邪を治す粥）の作り方】

もち米五十グラム、ショウガの薄切り五枚、川の水二碗を土鍋に入れて煮る。二回沸騰させた後、ひげ付きの白ネギを七切れか八切れ入れ、米がどろどろになるまで煮込む。その後酢を少量入れ、熱いうちに食べる。スープだけでも風邪を治す効果がある。もち米は胃を健やかにして気を補い、白ネギは発汗を促して寒を散らし、酢は毒を消す。三つの相乗効果は、とてもすばらしい。

◇「老老恒言」から――曹　庭棟

《老いの食養生》

「本草」に「老人用のごはんは古い米を炊くのがいい。収穫したばかりの新米を老人が食べると、気が動いて病気になるからだ」と書いてある。老人は胃が弱くなっているので、うまく消化できないということだ。新米を食べるのなら、炒れば、香りは損なうが消化しやすくなる。そういう米を炊くときは、じっくりと炊くのがいい。韓愈の詩に「柔らかくなったごはんをさじで口に入れると、かみやすい」とある。冬に米を水に浸して表に置いておくと凍るが、これを炊くと実に柔らかくなり、老人にぴったりだ。だいたい白米を炊くときは強火で時間をかけないのがいいのだが、古い米や炒った米を炊くときは、弱火で時間をかけるのがいい。

粥を煮るときは、新米がおいしくて、胃にもいい。白居易も「粥は新米がおいしい」と詩に書いている。「本草」には多くの種類の粥が記載されているが、米とハスの実のコンビが一番だ。オニバスの実やハトムギの実を使うのはその次だ。李漁は、ごはんを炊くときは水を減らしてはならない、粥を煮るときは水を増やしてはならないと書いているが、その通りにすればおいしいものができる。

茶は渇きを癒すものだが、渇きをひどくすることもある。盧仝の「七碗の詩」は、茶を飲めば飲むほどのどが渇いていった状況を描いたのではないか。「内経」に「飲むのを少なめにしておけば病気にならない」と書いてあるし、「華佗食論」に「苦茶を久しく飲むと頭がはっきりする」と書いてある。茶を飲みすぎると顔が黄色くなって、眠れなくなる。魏仲先の詩に「茶をあまり飲まないのは、睡眠不足が心配だからだ」という一節がある。茶は食事の後に飲めば、脂肪分の消化を助ける。朝に茶を飲むと「腎脈に入るが、それは泥棒を家に入れるようなものだ」と蘇軾が書いている。茶を飲むなら、武夷山の六安がいい。「詩経」に春酒を飲めば長生きすると書いてある。酒を老人が飲んでもいいが、日が暮れた後は飲まないほうがいい。午後に飲むと、血の巡りがよくなる。古人は、食事の後に酒を飲んでいた。米酒が一番よく、白酒はその次だ。

野菜は必要だが、人によって好みが違う。文王は菖蒲を好んだし、孔子は生姜が好きだった。菖蒲は気持ちがすっきりするし、生姜は頭がはっきりする。「遁庵密録」によれば、朱砂と菖蒲の根を混ぜ合わせてたたき、粉状にしたものは、心を落ち着け不眠症に効くということだ。

◇随園食単・序――袁枚

詩人は周公のことを「籩豆践たる有り」で、国をうまく治めたと賛美し、凡伯のことを「彼は疏、斯は粺」で、無能だったと嫌っている。古人の飲食に対する重視の度合いが見て取れる。「周易」が料理の道について語り、「尚書」が調味料について取り上げ、「郷党」や「内則」が飲食について何度か細かく言及するなど、枚挙にいとまがない。孟子は飲食に凝る人を軽蔑していたが、飢えて食べ物を選ばぬ人は食の美味を知らないとも言っていた。どんなことにも正確な処理基準が必要で、軽々しく結論を下してはいけないということだろう。「中庸」に「人飲食せざるなきも、よく味を知ること鮮なきなり」という言葉があり、「典論」は「一世の長者は家に凝り、三世の長者は衣食に凝る」と述べている。古人は魚や牛、羊を食べるときはきちんとルールを守り、いい加減なことはしなかった。孔子は人と一緒に歌を歌うとき、その人が上手に歌えば再度招いて共に歌った。こういう些細なことでも虚心に学ぼうとしたのは、得難いことだ。

私はそういう精神を敬慕しており、どこかでおいしい料理を食べたら、自分の家のコックに必ずその作り方を学ばせている。四十年間様々な家の料理技法を収集してきた。内容をマスターできたものもあれば、部分的にしかわからないものもあるし、全くわからないものもある。虚心に料理技術について教えを請い、整理保存してきたが、はっきりわからないものもあった。しかし、そういうものでも××家の××料理というふうに記して、敬慕の気持ちを表現した。虚心に学ぶには、そういう姿勢が当然必要だ。当然、いいコックは古臭いやり方にとらわれているわけではないし、名家の料理がすべて素晴らしいというわけではない。それゆえレシピにこだわる必要はない。が、もし記したとおりにやれば、大きなミスを犯すことはないだろう。臨時に酒席を設ける際の、参考にもなる。

「人の心がそれぞれ違うのは、顔が違うのと同じだ。天下の人の味の好みが自分と一致するはずがない」と言った人がいる。私はそれに対して「衆人の味の好みが自分と一致することを求めているのではない。自分が愛する美食を他人と分かち合いたいだけだ。飲食は実は小さなことで、忠恕の道については、私は心を尽くした。心残りはない」という言葉を返したい。「説郛」は三十数種の料理を掲載し、陳継儒や李漁にも飲食に関する著作がある。私は自ら試しに作ってみたが、すべてまずく、大部分が青臭いこじつけ料理だったので、本書には入れていない。

◇随園食単　第一章「知っておかなければならないこと」（抜粋）――袁枚

《最初に知っておかなければならないこと》

この世のすべてのものには先天的な特質がある。人にそれぞれ持って生まれた天分があるのと同じだ。品性が下劣で愚かな人は、孔子や孟子が自ら教えたとしても、何の役にも立たない。それと同じで、食品そのものの本性が下劣であれば、易牙（春秋時代の著名なコック）のような名コックが調理をしても、いい味は出せない。

まとめて言えば、豚肉は皮の薄いものがよく、生臭いにおいのものはだめだ。鶏は去勢済みの若鶏が最もよく、年を取ったものと幼すぎるものはだめだ。フナは平たくて腹の白いものがよく、背中の部分が黒いものは肉も硬く、皿に置いても見栄えが良くない。ウナギは湖水や谷川で育ったものがよく、大河で育ったものは骨が木の枝のように多くてごちゃごちゃしている。もみ米で育てたアヒルは、肉が白くて柔らかく、よく太っている。肥沃な土壌で育ったタケノコは、節が少なく新鮮な甘みがある。

ハムについても、良いものと悪いものは天地の差がある。同じ浙江台州の魚の干物といっても、味が全く違うことがある。他の食物は推して知るべしだ。だいたいおいしい料理というのは、コックの腕が六割、食材を購入した人の見識が四割だ。

《調味料について知っておかなければならないこと》

コックの用いる調味料は、女性が着たり付けたりする服やアクセサリーに似ている。花のごとく美しく、化粧の上手な女性であっても、ぼろぼろの服を着ていたら、西施のような美人であったとしても美しく見えない。料理に精通する者は、酷暑の時期に製造したみそやしょうゆを用いる。それも最初に甘美であるかどうか自分で確かめてからだ。油については、ごま油が必要だが、生なのか火を通したものなのか識別できなければならない。酒は発酵醸造したもので、しかも酒糟を取り除いたものでなければならない。酢は米酢で、濁ったものはだめだ。その上、しょうゆには薄口と濃い口の区別があり、油には動物性と植物性の違いがあり、酒にはすっぱいものと甘いものの区分があり、酢には古いものと新しいものの相違がある。使用の際に間違えてはだめだ。その他のネギやコショウ、ショウガやシナモン、砂糖や塩は多く使うわけではないが、できるだけいいものを選択しなければならない。蘇州で売っている高級しょうゆには、上中下の三つがある。鎮江の酢は色はいいが、酸味が足りないので、酢の最も重要な要素に欠けている。酢は板浦の酢が最もよく、浦口の酢がそれに次ぐ。

《組み合わせについて知っておかなければならないこと》

「娘の条件を見てから婿を選べ」ということわざがある。また「礼記」に「人について描写するなら、同じような人をたとえに使うべきだ」と記載されている。調理の方法についてもこれと同じだ。

うまくできた料理は、必ず組み合わせもうまくいっている。メインディッシュがあっさりしたものだったら、添え物もあっさりしていなければならない。濃い味のメインディッシュには濃い味の添え物が必要だし、メインディッシュがやわらかいものだったら、添え物もやわらかいものでなければならず、メインディッシュが硬いものだったら、添え物も硬いものでないと、いい料理とはいえない。食材の中で、肉料理にも野菜料理にも合うのは、キノコ、タケノコ、トウガンなどだ。肉料理には合うが野菜料理には合わないのは、ネギ、ニラ、ウイキョウ、ニンニクなどだ。野菜料理には合うが肉料理には合わないのは、セロリ、ユリ根、ナタマメなどだ。カニ粉（カニを蒸した後その肉やみそをほぐして一緒に炒めて作ったもの）をツバメの巣に入れたり、ユリ根を鶏肉や豚肉に入れたりするのをよく見るが、聖人君子と乱臣盗賊を対座させるようなもので、まさにでたらめだ。だが、植物性の油で肉を炒めたり、動物性の油で野菜を炒めたりして、いい味を出すこともある。

《火具合について知っておかなければならないこと》

食物を調理する際に最も重要なのは火具合だ。つまり火力の大小と時間の長短だ。炒め物の場合は強い火を用いねばならない。弱い火で炒めても、やわらかすぎておいしくないからだ。弱い火でゆっくり煮るのがいい料理もある。そういう料理に強い火を使うと、水分がなくなり、うまく煮えない。最初に強い火を用い、その次に弱い火を用いるのがいい料理もある。スープを濃くするためだ。あせってずっと強い火を使い続けると、外部が焼け焦げ、内部に火が通らなくなる。腎臓や鶏卵のように、煮れば煮るほど柔らかくなる食材もある。鮮魚やアカガイのように長時間煮ると硬くなってしまうものもある。

肉類をきちんと調理しても鍋から取り出すのが遅れれば、色が赤から黒に変わってしまう。魚だったら、ぴちぴちした味がなくなり、硬くなってしまう。調理の途中で鍋のふたを何度も開けると、泡が容易にでき、香りが逃げてしまう。調理の途中で火を止め、長時間おいてから再び火を入れると、食物から水分と油分がなくなってしまう。特に肉類の繊維組織は加熱で膨張したあとふわふわした状態になり、内部の油脂や香り、栄養分がみな逃げる。火を止めて長時間おいてから再び火を入れるのは、味の損失がとても大きい。

道士が秘薬を作るときは九回精錬するが、それを中断してはならない。儒者は中庸を大切にし、過ぎたるも及ばざるもだめだと考えている。コックたる者、火具合を熟知し、食物の調理に真剣に向き合わなければならない。そうすれば「道」の準則に近づき、自然の規律にも符合する。

魚を食べるとき、その魚の肉が玉のように白く、形が崩れていなければ、鮮度のいい魚だ。色がピンクを帯び、形が崩れ、弾力がなく、滑らかな食感がなければ、鮮度の悪い魚だ。鮮度のいい魚なのに、火具合がわからず、ぴちぴちした味をなくしてしまうような愚かなコックは、まことに恨むべきだ。

《「急ぎ」について知っておかなければならないこと》

誰かを招待して一席設けるのなら、三日前にはきちんと約束をしておかなければならない。そうしてこそいろいろな用意や食材の購入に十分な時間があてられる。

突然やってきた客にすぐに食事の用意をしなければならないというのは、長旅を経て旅館に到着したばかりの客がドアの外で待っているのと同じようなものだ。こういうときに急いで料理を作るのは、火を消すのにわざわざ東シナ海まで海水を汲みにいくようなもので、間に合うはずがない。

それゆえ一番いいのは、急ぎの時の料理の作り方を勉強しておくことだ。たとえば鶏の皮の炒め物や千切りの肉の炒め物、むきエビと豆腐の炒め物、もしくはかす漬けの魚やハムを使った料理だ。こういうもので急場をしのぐのである。

短時間に準備や調理ができて客にも良いものだと思ってもらえるような料理の作り方をマスターしておかねばならない。

《時節について知っておかなければならないこと》

夏は昼の時間が長くて暑いので、家畜や家禽を殺す時間が早すぎると肉が腐って変質してしまう。冬は昼の時間が短くて寒いので、食事を作る時間が少しでも長引くと料理が冷めてしまう。牛肉と羊肉は冬に食べるのがいい。夏に食べるのは時宜が適切ではない。乾燥食品や燻製食品は夏に食べるのがいい。冬に食べるのは時宜が適切ではない。調味料は、夏はからし粉を用いるべきで、冬はコショウを用いるべきだ。冬に漬物は値打ちがないが、酷暑の時期に食べれば宝物だ。タケノコはもともとは値打ちのないものだが、秋の涼しい時節には貴重で素晴らしい食べ物とみなされる。旬の季節より早く食べてもおいしいケースもある。三月に食べるヒラコノシロがそうだ。旬の季節より遅く食べてもおいしいケースもある。四月に食べるサトイモがそうだ。旬の季節を過ぎれば食べないのが一番いいものもある。ダイコンは旬を過ぎるとスカスカになるし、タケノコは旬を過ぎると苦くなる。フナは旬を過ぎると骨が硬くなる。物品は一年の四季の変化に応じて売りに出さないといけないということだ。旬を過ぎると、精髄が尽き、輝きを失ってしまう。

《うまくいかなかったときについて知っておかなければならないこと》

調理がうまくいかなかったときにどうカバーすればいいか？

名コックが作るとろみスープは、塩加減も粘り具合も適切で、カバーする必要などない。やむを得ない事情で、下手なコックが味付けをする場合はどうすればいいか？　薄味になるのはまだしも、塩辛くなってはいけない。味が薄いのは塩を加えればカバーできるが、塩辛いのを薄めることは無理だからだ。頭のいい人だったら「湯をまず加えて薄める」と言うかもしれない。が、それをやると食べ物本来の味が損なわれてしまう。魚類を調理する場合は、多少やわらかくなるのはまだしも、硬くなってはいけない。やわらかいのは加熱してカバーできるが、硬くなってしまったものをやわらかくすることは無理だからだ。

調理の過程で色や火具合を子細に観察し、調味料を使用する頃合いをしっかりと把握することが極めて大切だ。

《量について知っておかなければならないこと》

料理のときは量のことをきちんと考えねばならない。

上等の食材は多く用いるのがいいが、レベルの低い食材は少ないほうがいい。煎ったり炒めたりするときに量が多すぎると、火力が容易に行き渡らず、熱の伝わり方が不均衡になる。そういう状態で炒めた肉はばさばさだ。それゆえ、牛肉や豚肉、羊肉を炒めるときは四百グラムを超えてはならず、鶏肉や魚肉を炒めるときは三百グラムを超えてはならない。もし量が足りなくなったら、食べ終わってからもう一皿炒めればいいのである。

原料が多ければ多いほど、おいしく煮込める料理もある。たとえば肉の水煮がそうで、十キロ以上を煮込まないと、肉もスープも味が出ない。粥を煮るときもそうで、六キロ以上の米を煮込まないと、粘り気がなかなか出ない。その上水分もきちんと制限しないと、水気ばかりで内容が少なくなり、味も希薄になる。

《清潔さについて知っておかなければならないこと》

ネギを切った包丁でタケノコを切ってはいけない。コショウをついた臼でオニバスの実の粉をついてはいけない。料理からふきんの匂いがすれば、きっとふきんは清潔ではない。

料理からまな板の匂いがすれば、きっとまな板は清潔ではない。孔子も「工、その事を善くせんと欲すれば、必ずまずその器をするどくす」と言っている。優秀なコックならまずきちんと包丁を研ぎ、ふきんを取り換え、まな板を削り、手を洗ってから調理を開始する。ましてや煙草の灰、頭上の汗、かまどのハエやアリ、鍋のすすなどが料理を汚してしまえば、どんなに苦労して作った佳品でも、美人の顔についた汚物と同じで、人々は鼻をつまんで避ける。

◇随園食単――袁枚

《ナマコの調理》

ナマコはそれ自体味がなく、砂や泥を多く含み、生臭いにおいがするので、おいしい料理を作るのはとても難しい。生臭さが強いので、薄味のスープで煮込むのはいけない。まず小さなものを選び、水に浸して砂や泥を取り去り、熱い肉のスープに三回漬けて、その後鶏のスープと肉のスープで赤くなるまで煮るのがいい。シイタケやキクラゲを添えるのが適切だ。黒い色なのでナマコに合う。

客が来る前の日にじっくり煮ておくと、ナマコは柔らかくてしこしこした状態になる。銭さんのナマコ調理を見たことがある。夏にからし粉と鶏のスープを使って冷たいナマコをあえるものだったが、おいしかった。ナマコを小さく切り、タケノコやシイタケを切ったものに鶏のスープを加えてじっくり煮込むのもいい。蒋さんの家では、湯葉、鶏の腿肉、きのこでナマコを調理するが、これもいい。

《タチウオの調理》

タチウオは甘みのある酒で醸して味噌漬けにし、ジギョを蒸すときと同じやり方で蒸すのが、一番おいしい。水を加える必要はない。小骨が多いのがいやだったら、鋭利な刃物で肉を切り取り、はさみで小骨を取ればいい。それを中華ハムや鶏のスープでゆっくり煮ると、実に美味だ。南京の人は小骨をいやがり、タチウオを油でカリカリに揚げる。

「曲がった背中をまっすぐにすると、その人は死んでしまう」という言葉があるが、筋が通っている。タチウオの背を斜めに切って骨を粉々に切断し、油でカリカリに揚げて調味料を加える。そうすると、食べても「骨」を感じない。これは蕪湖の陶さんのやり方だ。

Ⅶ　清から中華民国にかけて

◇「菜食のすすめ」序文——薛 宝辰

人はテーブルいっぱいに肉や魚の高級料理を並べ、スッポンを煮たり羊を蒸したりもしている。頬を動かして噛み続け食べ続けても飽き足りず、おなかに納まりきらなくなるまで食べる。

しかし家禽も家畜も屠殺されるときは肝もつぶれんばかりに恐れおののき、鍋に入れられるときも震え上がっているのである。人と動物の聡明さや愚かさは異なるが、命を惜しみ死を恐れる点では同じだ。悲惨なことだ！　屠殺者が屠殺用の刃物をふるい続けるので、屠殺場では家禽や家畜の悲しみの叫びが夜中でも絶えない。悲しいことだ！　屠殺場を出入りする車も絶えることはない。蔡元長という大臣は鶉のスープを食べるため、多くの鶉を屠殺させた。生きていてこその命だ。殺生は禁じなければならない。もうこれ以上待てない。

すべての食事から肉や魚を追放すれば、生きとし生けるものの苦悩はなくなる。みんな肉を食べず、菜食が一番いいことを認識すべきである。年老いた陸游はウリをじっくり蒸した料理を蒸したアヒルと同じように好んだ。青陽で役人だった時、豆腐は羊肉に匹敵するほどすばらしいと言った。コックには菜食料理ばかりを作らせたのである。脂ぎった肉を食べて口を楽しませ、生きとし生けるものを殺し続ける必要があるだろうか？

当然、肥え太った肉を好むのは人の常で、すべての人があっさりとした菜食料理を喜んで食べるわけではない。好きではないものを無理に食べさせられるのは苦痛かもしれない。だが、菜食の調理方法や特殊なテクニックをマスターすれば、晋の武帝の御用達の肉や漢代の五侯鯖ではないが、舌の肥えた人が同レベルだと絶賛するような食べ物が作れる。普通の野菜を用いた菜食料理でも、肉を使った高級料理よりおいしいものが作れるのである。菜食に慣れた人はもとより好んで食べるが、美食家たちの好みをも変えてしまうほどのものだ。それゆえ調理の技術が優れていれば、豊巨源の「食譜」の珍味の再現を思わせるほどの料理ができるのである。菜食のかぐわしい香りをかぐのは、楊万里の「野菜メニュー」を見るのと同じことだ。さっぱりとしたダイコンとカラシナは高価な料理に劣るものではない。野菜の苗で、昔の薛包という人は飢えをしのいだ。濃厚で馥郁たる野菜の香りは口をかぐわしくし、さわやかな味は胃腸を清らかにする。おなかがいっぱいになるのなら、アヒルのスープや熊の掌を食べるのと同じではないか。おいしくて生臭くないものがよければ、ハクサイとヒユナを薦める。

野菜は本来風味に富むもので、清らかでさわやかな食べ物であり、体の健康にもいい。

鳥を自由に飛ばせ魚を自由に泳がせ、生命の楽しみを味わおうではないか。菜食で人々の清らかな福を増やそう。それは華やかな宴会にも勝る。それゆえ私は寺院の僧の精進料理を学び、菜食の料理を作ろうと思う。隠遁者の立場で、愚見を披露したい。

◇「菜食のすすめ」例言──薛 宝辰

みんな知っていることだが、肉だけを食べて出世しても、品徳は落ちていく。真の学識がある徳望の高い人は、恬淡として自らの志を語る。何か大きな仕事をやろうという志のある人は、清貧の士を範として自分を磨かねばならない。仏教を厚く信仰している人なら、殺生や肉食、飲酒を禁じた戒律をしっかり守らなければならないのは当然だ。

「飲食をしない人はいないが、食の味について深く知る人は少ない」という先哲の言葉があるが、まことに筋が通っている。味がよいものであってこそ、人体に吸収されて健康を増進するということであり、単純に美味を追求しているわけではない。もし味がよくなければ、栄養分の獲得も困難になる。それゆえ、調理についても工夫を凝らさねばならない。

毎日こってりしたものを腹いっぱい食べている人に、菜食をすすめても、受け入れてくれるのは困難かもしれない。しかし、同じ野菜でも、上手に調理すれば高級料理と変わらぬ味になる。そうしてからすすめれば、容易に受け入れてくれるだろう。別に僧侶の作る精進料理の宣伝をしているわけではないが、皆さんに食べてもらえればうれしい。

私が訪ねた場所は多くはなく、北京にいる期間が長かった。飲食と器については、大部分が陝西と北京の習慣に従っている。本書で紹介している調理方法は、みな陝西と北京のものだ。

本書で取り上げた野菜類は、みなよく見るもので、なおかつ私自身が食べたことのあるものだ。手に入らないものは、記載していない。たとえばジュンサイ、エンサイ、バジルなどは、食べたことはあるが、北方の産ではないので取り上げなかった。野菜も果物も、すべて自然が育て人に食用として提供しているものなので、生でも調理を加えても、それぞれ特徴があっておいしい。モモ、ナシ、ミカン、ブドウ、リンゴの色や香り、味は美しさの極致だ。が、油で揚げたり砂糖で煮たりして、清らかさを失わせているケースがある。これは食物のすばらしさを踏みにじっていることになるのではないか。そういう調理方法は、一切収録していない。

煮る、炒める、炙るは養生を極めようとする人のタブーだ。「火気」が重すぎるのである。火が肉の内部に完全にいきわたらず半生状態になってしまい、胃を傷つけるのがその弊害だ。菜食であれば、煮る、炒める、炙るという方法を用いて味わいを増すことはあっても、半生の弊害はない。それゆえ、調理方法についても詳細に記述した。

料理、ことに野菜料理はスープがカギだ。冬タケノコとキノコのスープはもとよりすばらしいが、常に手に入るわけではない。ソラマメを水につけて柔らかくして皮を取り除き、スープにすれば、比べるものがないくらいの美味だ。ソラマメのもやしとダイズのもやし、大豆のスープはかなり劣る。ただ、ダイコンとニンジンを一緒に煮てスープにすれば、実に芳醇で豊かな味がする。それぞれの野菜からスープが作れることは、ふだん野菜を食べている人なら当然知っている。本の中でも、これらのスープについて言及しておいた。

菜食をする仏教信者には、酒は最大のタブーだ。酒を飲めば精神が混乱してしまう。野菜を料理するときに調味料として酒を使うことはあるが、わずかしか使わないように注意しておいたので、大した障害にはならない。ましてや私の本は仏門の弟子だけが対象なのではない。菜食料理を作るときにいくらか酒を使うのは構わない。

生をむさぼり死を恐れる点では、人間も動物も同じだ。「生きているものが死んでいくのを見るのは、忍びない」という孟子の言葉は至高の名言だ。たとえ家畜であっても、罪なきものを死に至らせるのは、実につらい！　一碗のスープのために無数の生命が犠牲になっていることを思えば、味など感じなくなる！　これらの生き物が飛んだり跳ねたりしていた時のありさまを想像してみればいい。捕らわれたときはどうだったか？　屠殺場に送られたときはどうだったか？　それを思うと、つらくて箸が使えなくなるという人もいるだろう。それゆえ、私は人々に菜食をすすめざるを得ない。お釈迦様のような人が現れて、人々を教え導いてくれたら、本望だ。

◇菜食のすすめ（レシピいくつか）――薛 宝辰

《臘水を作る》

臘月（旧暦十二月）の凍てつく日に、湯を沸かし、それを中庭に置いておく。存分に冷えたら収納し、夏にみそや醤油を作るときに使用する。これを臘水と呼び、人に益するところ大だ。虫もわかず、長期間置いても悪くならない。

《醤油を作る》

大豆をいくらか、晩の間にじっくり煮ておく。いったん止めて、かき回してからもう一度煮る。次の日の朝、煮えた大豆と汁をふるいにかける。汁がなくなってから、小麦粉と均等に混ぜ合わせ、風の通らぬ場所に敷いたむしろの上にバランスよく置く。カジノキの葉で三日か四日覆いをしておき、黄色くなった部分を取り出して天日干しにする。その際塩水をしみこませておく。半月後には食べられるようになっている。それを再度煮て、壺の中に保管する。大豆五百グラムに塩五百グラム、水三・五キログラムの割合だ。もし臘水を使ったものなら、壺に長期間入れておいても悪くならない。ウイキョウとサンショウの粉を混ぜると、一層おいしい。

《酢を作る》

アワを十リットル煮込んで濃い粥のようにし、大きな甕に入れて、麹を五百グラムばかり加え、均等にかき混ぜる。はやく作りたければ、焼酎を少し混ぜればいい。発酵が進み泡が出てきたら、麦麩とまぜて大きなかごの中に置き、厚い覆いをかけておく。熱を発したらかき混ぜて冷まし、再び覆いをして、またかき混ぜる。酢の味が濃くなってきたら、でき上がりだ。

《みそを作る》

小麦粉をいくらかと炒った大豆のかすをいくらか、熱湯の中で混ぜ合わせ、掌ぐらいの大きさのクレープ状のものを作る。じっくり蒸した後陰干しにし、カジノキの葉で覆う。一度葉を取ってひっくり返し、すべてが黄色くなったら、一日か二日天日に干す。いくつかの塊に切り分け、塩水に浸してみそになるのを待つ。塩水に浸してから、毎朝竹でかき混ぜなければならない。半月たつと、でき上がりだ。

《白菜の漬物》

いい白菜を選ぶ。白菜五十キロに、塩四キロの割合だ。それより多いと塩辛くなるし、少ないと味が薄くなる。一昼夜漬けて甕に入れ、大きな石を上に置いて圧力を加える。三日か四日たってから取り出し、壺に入れる。

《漬物、五香菜》

コナギの根を削り取って黄色くなった葉を切り取る。きれいに洗ってから、陰干しにして水を切る。コナギ五キロに塩五百グラム、カンゾウ三百グラムだ。きれいな甕にコナギを盛り、茎が分かれているところに塩を振る。雲南ウイキョウやヒメウイキョウ、サンショウを入れて、手でしっかり押さえていく。甕の半分まで入ったらカンゾウの茎も入れる。そして、大きな石を上に置いて圧力を加える。三日後に甕から取り出し、汁を捨て、清潔な別の容器に移す。七日後に同じようにその容器から取り出し、別の容器に移して大石で圧力を加える。おいしくてサクサクした漬物ができ上がる。春の間に食べきれなければ、熱湯をくぐらせてから陰干しにし、蓄えておけばいい。蒸した後陰干しにしてもいい。夏になったら、湯に浸した後圧力を加えて水を切り、ごま油と混ぜ合わせて、磁器の碗に盛る。ご飯に実によく合う。

《クキチシャの漬物》

クキチシャの根と皮を取り除き、塩で一晩漬ける。次の日の朝天日干しにして、漬け汁を流し、煎じた後陰干しにする。もう一度同じことを繰り返してから、取り出して天日干しにし、壷に収める。サンショウ、ウイキョウ、マイカイカと混ぜ合わせるとおいしさが増す。漬け汁は保存が利き、人体にいい。クキチシャの葉を漬けた後天日干しにしたものは、夏にごま油であえると、ご飯が進む。腹の中の虫を殺す効果もあるので、有益だ。

《瓜の漬物》

瓜五十キロに、塩を三キロほど使う。瓜をそれぞれ二つに切り分け、種を含んだ果肉の部分を取り除き、そこに塩を盛る。それを石で押さえて一晩漬けておき、次の日の朝天日干しにする。晩の間に漬け汁を加熱した後冷まし、天日干しにしたものをそれに漬ける。これを二回か三回繰り返し、天日干しにして乾燥させたものを壷に収める。サンショウ、ウイキョウ、マイカイカと混ぜるとおいしさが増す。

《ダイコンの漬物》

ダイコンを長方形に切り、磁器の鉢に入れる。ダイコン五キロ当たり塩六百グラムを加え、手でもむ。一日に二回か三回もみ、塩が全部ダイコンの中に入ると、サンショウやウイキョウの粉を加えて均等にかき混ぜる。いつでも食べられる。

《ニンジンの漬物》

ニンジンを洗って陰干しにし、甕にまるごと入れる。ニンジン五キロに塩を二百五十グラムの割合で加え、さらにウイキョウとサンショウを入れる。ニンジンよりも少し上になるくらいまで湯冷ましを注ぎ、上に重いものを置いて圧力を加える。毎日一度かき混ぜる。十日間漬けておいてから取り出し、包丁で切り分けてロープでつなぎ、日は当たらぬが風通しのいいところに干す。食べるときは湯に浸して柔らかくしてから、薄切りにすればいい。ごま油及び酢と混ぜると、さっぱりとしておいしい。

Ⅷ　中華民国、中華人民共和国

◇故郷の山菜――周　作人

私の故郷は一つにとどまらない。住んだことのある場所すべてが故郷だ。故郷に特別のよしみがあるわけではない。ただそこで魚を釣ったり遊んだりして朝夕顔を合わせ、知り合いになっただけだ。田舎の村の隣人と同じで、親戚ではないが、別れた後に時々思いを寄せるのである。私は浙江東部に十数年住み、南京と東京にそれぞれ六年住んだが、それらのすべてが故郷だ。今は北京に住んでいるので、北京も故郷になった。

数日前私の妻が西単市場に買い物に行ったのだが、ナズナを売っていたと話したので、浙江東部のことを思い出した。ナズナは浙江東部の人が春によく食べる山菜で、田舎はもちろん、市街地でも庭のある家ならいつでも採って食べられる。女性と子供がはさみと「苗かご」を持ち、地面にしゃがんで探すのだが、趣きのある楽しい仕事といえる。子供たちは「ナズナとヨメナ、おねえちゃんが嫁に行く」と歌ったりもする。その後ヨメナは田舎の人が市街地で売るようになったが、ナズナは野に生えているものだけなので、自分で採集しなければならない。ナズナに関しては以前から風雅な言い伝えがあるが、蘇州や杭州近辺が主だ。「西湖遊覧誌」に「三月三日男女はみな頭にナズナの花を載せる。三春にナズナを頭に載せれば桃やスモモも繁華を恥じらう、ということわざがある」と記載されている。顧禄の「清嘉録」にも「ナズナの花は俗に山菜の花と呼ばれている。『三月三日、アリがかまどに上る』と伝えられているので、三日になると人々は山菜の花をかまどの近くにおいて、アリを防ぐ。夜が明け始めると、村の子供は絶え間なく声を出して売る。女性がかんざしにナズナの花をつけて目がはっきり見えるように祈ることもあるので、『はっきり見える花』という俗称もある」と書かれている。しかし浙江東部ではこの種のことに関心はなく、おかずとして食べたり（中国式）もちを作るときに使ったりするだけだ。

ハハコグサは菊科の植物で、葉は小さくて丸みを帯び、表面に白い産毛が生え、花は黄色で先端に群がって咲く。春に若葉を採取して、たたいてつぶして汁を取り、粉にしたものをもちに混ぜる。

清明節の前後に墓参りをするとき、古い習慣を保存している人は、ハハコグサで供え物を作る。それは平たい形ではなく、指先くらいの大きさの塊か、小指のように細い筋状のものだ。五つか六つでワンセットで、繭果という。どういう意味かは知らないが、カイコが糸を吐くときの祭りにもこの種の食品を用いるので、その名があるのかもしれない。十二歳か十三歳の時に他の土地に行き、母方の祖父母の家の墓参りに行かなくなってから、繭果を見ていない。近年北京に住んでいるので、ハハコグサを見ることもなくなった。日本では「ゴギョウ」とも呼ばれ、ナズナとともに春の七草のひとつだ。「草餅」という名のヨモギ餃子に似た形の菓子を作る際にも用いる。春分の前後によく食べるもので、北京にもある。が、北京のものは日本風のものばかりで、子供の時に食べた「もち」とは異なるものだ。

墓参りのときによく食べる山菜としては、他にレンゲソウがある。収穫の後農民が田に肥料として植えるもので、高級な植物ではないと思われているが、柔らかな茎を採取して煮て食べると、もやしのようないい味がする。花は赤紫色で、数ヘクタールを覆うように咲くが、まさに錦繍で、あでやかなじゅうたんのように美しい。そして花は蝶やひよこに似た形状なので、とくに子供たちが好む。たまに白い花が咲くが、それは下痢を治すと伝えられており、貴重で手に入れるのが難しい。日本の「俳句大辞典」には「タンポポと同様によく見る植物で、幼児でも知っている。レンゲソウを摘んだことのない女性はいないのではないだろうか」と記されている。中国には昔から花輪はないが、子供たちはレンゲソウの花で球を作って遊ぶ。子供たちの楽しさを思うと私もうれしい。浙江東部では墓参りのときに楽器を鳴らすので、少年たちは音楽とともに「墓参りの船に乗る」ことになる。お金のない家だったら楽器はないが、へさきや船室の窓の下にレンゲソウとツツジの花束を置いていれば、「墓参りの船」だとわかるのである。

〈一九二四年四月〉

◇「日本の衣食住」（抜粋）――周 作人

私が日本に留学していたのは中華民国成立以前で、東京に六年滞在しただけだ。それゆえ文化云々についてもたいした知識はない。が、とにもかくにも第二の故郷であり、思いや話が日本の生活のことに及ぶと一種の愛着がわく。それにはいくつかの原因があるのだろうが、重要なのは二つだ。一つは私個人の性分、もう一つは古いものに対する思いだ。私は中国東南部の水郷に生まれ育ったが、生活は苦しく、冬になっても部屋に火の気はなかった。冷たい風が直接布団の中に吹き込む有様で、一年中野菜や魚の塩漬けを食べていた。こういう「訓練」を経て東京で下宿生活を始めたので、当然うまく適合した。当時私は民族革命の信徒でもあった。そもそも民族主義というものは復古思想を包含するもので、私たちは清朝に反対し、清以前もしくは元以前のものはほとんどすばらしいものばかりだと考えていた。それ以前のものは言うまでもない。夏穂卿さんと銭念劬さんの二人は東京の街を歩いているとき、店舗の看板の宣伝文句や字体を見ると、いつも「唐代の遺風が残っているようだ、今の中国にはない」などと言って賛嘆していたらしい。……私たちが日本にいて感じたのは、「異国」と「古い中国」という要素だ。そしてその「古い中国」が「異国」で健全な形で存在しているのである。……

「雑事詩」は日本の食物について多くを述べていない。ただ、「日本人は生で冷たいものをよく食べる。魚が好きで、切ってから箸をつける。煮た料理も、冷めてから食べるのを好む。お茶をご飯にかけて食べるが、そのときは大根や筍をおかずにする。近年ヨーロッパの食事の真似をして、牛肉や羊肉も食べるようになった」と記している。また、「天武四年に、病気のとき以外は獣肉を食べることが禁止された。獣肉を売る者は『薬食』、『山鯨』などの隠語を使っている。牡丹を描いた看板を掲げているところではイノシシの肉を売っており、赤もみじの落ち葉を描いた看板を掲げているところでは鹿の肉を売っている」という記載もある。

日本の食物について、最初に驚いたのは確かに獣肉が少ないことだ。二十年以上前に三田というところで「山鯨（イノシシの別名）」という看板を見たことがあるが、牡丹や赤もみじを描いた看板を見たことはない。近年ヨーロッパの真似をするようにはなったが、肉食は盛んとは言えない。しかし獣肉を穢れたものとして食べることを禁じていた時とは打って変わり、肉屋が「大江戸八百八町」のいたるところで見られるようになった。ふつう獣肉というと牛と豚、鶏で、羊肉は売っておらず、ガチョウやアヒルの肉もめったにない。庶民がおかずにするのは現在でも野菜や魚介類だ。初めて日本に来た中国の学生は、味がさっぱりとして油が少ない日本の食事に、必ず頭を悩ませる。とくに下宿や間借りをしている人はそうだ。それは大いに理解できるのだが、私自身はつらいとは思わなかったし、むしろ趣きのあることだと思っている。私の故郷は貧しく、一日三度の食事がやっとだった。おかずといえば野菜の漬物や臭豆腐（豆腐を発酵させて作る臭みがある食品）、タニシぐらいだったので、塩辛いのもくさいのも気にならないし、油が少なくてもかまわない。それゆえ日本の食事は苦にならなかったのである。故郷の食べ物と比べてみたり、中国のどこかの食べ物に引き当ててみたりするのが、とても面白かった。たとえばみそ汁と乾燥野菜のスープ、金山寺みそとトウバンジャン、塩鮭と（中国風）干物は、みな似た食品だ。また、大徳寺納豆は豆豉（大豆を発酵させて作った食品）と、沢庵漬けは福建の黄土ダイコンと、こんにゃくは四川の黒豆腐と、刺身は広東の「魚生」と、寿司は古代の魚鮓（塩とベニコウジで魚を漬けたもの。「斉民要術」という紀元六世紀ごろの農学書に製法が記載されている）と文化的なつながりがあると考えられ、食用だけではなく、思索にも値する。家庭で宴を開くときはかなり豪華なものが出るが、味はさっぱりとしており、ふだんと変わらず野菜と魚介類が中心だ。鶏肉や豚肉も使うが、脂身のない部分を多く用いるので、こってりした味ではない。近年日本社会で中華料理や西洋料理が流行っているので試食してみたが、おいしくはない。有名で大きなレストランでもだ。日本風の味付けをしているからだ。赤坂の「茜」という店の中華料理だけはおいしかった。そこのコックは北平から来ているそうだ。

「雑事詩」にも記されている通り、日本の食物のもう一つの特色は「冷たい」ことだ。

下宿では温かい食事を出していた。だいたい朝にご飯を炊いて、役人や教員、会社員や職人、学生のために「弁当」を作っていた。弁当箱にご飯とおかずを入れる。おかずは上等なものだったら魚、そうでなければ梅干しが一個か二個だ。夕方帰ってくると再度ご飯を炊くのだが、真ん中より下の家では朝食の残り物を食べる。寒い冬の夜には、熱い茶をご飯にかけたりもする。中国人は熱いものを食べる習慣がある。海軍にいる同級生が以前北京に勤務していたことがあるが、食事が熱くないのを嫌がり、鍋を自分の右に置き、鍋から碗へ、碗から口へと暴風雨のようなスピードで食べ物を運び、喜んでいた。これはもとより極端だが、よき例の一つでもある。とにかく、食べ物に関しては中国人は熱いものを好み冷たいものを嫌がる。それゆえ留学生は「弁当」を見るとみな頭が痛くなっただろう。でも、私はそれもいいと思う。故郷に「冷たいご飯」を食べる習慣があるからだけではない。少し古臭い言い方かもしれないが、人生の小さな訓練にもなると思うからだ。誰もが晩に「トースト」をおやつとして食べるような生活がしたいと思っているし、車に乗りたいとも思っている。それは確かに久遠の理想ではあるが、目下のところは苦しい訓練もまた必要であろう。日本は商工業が発展し、都会に文化が浸透してきたので、生活レベルも当然向上している。だがそれは表面的な一部分にすぎず、一般的な生活はまだ苦しい。だから冷たいご飯を食べているわけではないだろうが、冷たいご飯もそれを象徴する現象とも考えられる。中国の庶民の生活は実に苦しい。中国の中流のインテリ階級は少しくらいは苦労することを学ぶべきだ、少なくとも派手なぜいたくはやめるべきだというのが私の主張だ。「ぜいたく」は「トースト」の類だけではない。アヘンを吸ったり、めかけを囲ったり、麻雀をやったりするのもすべて中流のぜいたく思想の表現だ。この種の病気はどうしたら治るのか、全くわからない。上述したのは寝言のようなものだ。……

〈一九三五年六月〉

◇魚を食べる――周　作人

浙江に育った人は、だいたい魚が好きなようだ。孟子は魚もまた「我が欲するところなり」と言っているので、地域は問わないのかもしれない。今は自分の知っていることを述べたい。言うまでもないが、水郷では市街地の道や路地に沿って河川が縦横に流れている。そこを行き交う漁師の舟から「魚やエビはいらないか！」という叫び声が聞こえてくる。家の入口を出たらすぐに魚が買えるわけだ。少し大きなコクレンやフナが欲しければ、早朝の市に行けばすべてそろっている。とにかく水郷では魚やエビの供給は、ダイコンやハクサイと同じく普遍的だ。

先祖を祀るときは十皿の料理をそろえるのが習慣だが、そのうち六皿は魚や肉、四皿は野菜だ。以前は料理人に頼んでいたが、テーブル一つ分の料理で六百文、魚肉団子や炒めた魚、魚の油揚げなどだった。杭州隔江の西興鎮では、料理店の経営者が客に料理を勧めるときは、焼いたエビや炒めた魚をいつも取り上げていた。代表的な家庭料理だったと言っていい。農民や労働者などの民衆はふだんは肉はあまり食べなかったが、魚介類はいつも食べていた。魚自体は小さなものだが、種類がとても多く、貝類でもエビでも手に入れば食べていたので、値段は高くなかった。このほかに寧波から入ってくるタチウオなどの海の魚の干物やカニ類の塩漬けなどは、保存がきいてご飯も進んだので、歓迎された。古人は「越人は断髪文身して蛟竜と戦う」と言ったが、今は違う。だが、人々の水産物に寄せる思いは深い。北方にもいくつか大河はあるが、魚はあまり捕らないので、大衆化されておらず、一般の人の口には入らないし、魚の塩漬けもあまり見ない。稲香村のような料理屋で干物をいくらか出しているが、値段が高く、平民の食品とは言えない。たぶん魚類はご飯や酒とはよく合うが、小麦粉で作った食品とは合わないのだろう。キグチを使ったラーメンなら北方にもあるが、普通の食べ方とはされていないので、供給も需要も少ない。北方で魚が大衆化しないのも理由がないことではない。

〈一九五〇年一月〉

◇肉を食べる——周 作人

有名な人でもなく、もうこの世を去ったのだが、私の友人が面白いことを言っていた。

人肉以外は、食べられるものなら何でも食べるというのだ。この言葉に私は賛同する。ただ、そうは言っても、人肉は当然食べたことはないが、私自身多くの肉類を食べたわけではなく、話すに足るものを持っているわけではない。私が食べたことのある四つ足の動物といえば、ブタ、羊、牛、ロバで、犬と馬、ラクダは食べたことがない。スッポンとカエルはどう分類すればいいのか知らないが、二本足のものはニワトリ、アヒル、ガチョウ、キジ、スズメを食べたことがある。菜食を主張するわけではないが、「肉を食べなければならない」という考えには賛成しない。ハトやウサギなどの飛んだり跳ねたりする小動物をわざわざ食べる必要はない。普通の鶏肉や豚肉で十分だ。ニンニクやネギ、魚は無理に食べるにしても、食いしん坊が過ぎてはいけないという古人の考えに賛同する。ましてや現在は肉の値段が高く、簡単には買えない。動物には草食と肉食があり、生理的機能が異なるので、変えることはできない。ヒトは雑食性なので比較的融通が利く。

西北部の草原地帯の遊牧民族は一年中羊の肉を食べるが、サツマイモとトウモロコシの粥を毎日食べて暮らしてゆく山里の民衆もいる。中国本土の人はごはん（小麦粉と雑穀を含む）がなくなるのは心配するが、肉がなくても心配しない。手に入らないブドウのことをすっぱいと言っている「イソップ童話」のキツネの話ではない。私自身も当然含めた中国の貧乏人のことを言っているのであり、肺腑の言だ。孟子は七十歳の人は肉を食べなければ満足しないと言っている。意味はわかるが事実ではない。少なくとも現在の老人にそんな食欲はないし、食べるのも簡単ではない。ここに古の人と今の人の違いが見られるが「肉食は卑しい」という言葉もある。「ブドウはすっぱい」という類の口実を見つけたいときに、役に立つだろう。

〈一九五〇年一月〉

◇犬肉を食べる――周 作人

私に詩人の友人がいる。彼は仏教徒ではないが、四足の動物の肉は絶対に食べない。他人のことを動物の死体を食べるのが好きだと、いつも笑っている。その気持ちは理解できるが、現実の世の中では通用しないだろう。

肉を食べなくてもすむのなら、それでもいい。実際そんなに食べるわけではないし、何日間か食べないこともある。豚肉はとてもおいしいし調理法も豊富、牛肉と羊肉はその次というのが私の意見だ。だが、便所の穴で飼育しているところもあり、そういう点は改めないといけない。病気や虫の検査も必要だ。ハトやカエルなどの小動物は食べないほうがいいと思う。人民の生活が好転したので、タニシを日常的に食べるのはやめたほうがいい。寄生虫がいて消化も悪く、衛生に反するからだ。ただ、中国に古代からあった犬肉を食べる習慣が中断しているのは残念だと思う。小説に出てくる魯智深と済顛は犬肉が好きだが、坊さんが特別に好むというわけではない。ありふれたもので、安くておいしいということだろう。野良犬の肉は当然不衛生だが、きちんとした場所で飼育した犬の肉なら問題はなかろう。みなさん、買って試食されてはどうか。豚肉ほど調理法が多くないのが欠点ではあるが。

〈一九五一年四月〉

◇天下第一の豆腐――周　作人

豆腐こそ天下第一だ。中国で早い時代に発明され、外国にはいまだになく、今後もないだろう。日本にある豆腐は中国から伝わったものだ。日本人も箸を使ってご飯を食べるので、受け入れたのであり、西洋人では無理だろう。杏仁豆腐（実際は豆腐ではない）以外の豆腐を作るのは、どんなにレベルの高い西洋料理のコックでも無理だ。

中国では豆腐はあまねく普及し、さまざまな調理法がある。ここでは、田舎の豆腐料理をいくつか紹介したい。まず、煮込み豆腐だ。豆腐を煮込んだ後湯を漉し取り、シイタケ、タケノコ、醤油、ごま油と一緒に土鍋で長時間煮込む。よくある家庭料理でとてもおいしいし、「大豆腐」と呼んでいる地域もある。ただ私の田舎では人が死んだときに食べるものを大豆腐と言うので、この名は使わない。また、薄く切ったサトイモを碗に入れ、豆腐とは別々に蒸した後、醤油を加えて混ぜ合わせる料理もある。ただ北方のサトイモは粘り気がないので、この料理には向かない。これらはみな田舎で手に入るものを使っているので、金もかからず、味も質朴でさわやか。まさに民衆の料理だ。

豆腐の発明はすばらしいことだが、かび豆腐を創った人にも私は敬服せざるを得ない。家で作るのはやや面倒だが、とてもおいしいものができる。店のものとはまったく違う。


〈一九五一年四月〉

◇紹興酒——周 作人

私は紹興の出身なので、紹興酒についてはくろうとの振りをして話をしたい。が、そうは言っても限界がある。酒はあまり飲めず、自分で造ることもできないので、受け売りの話しかできないのだ。

紹興酒を作る技術は、他の酒にも通じるだろう。酒に熱を加えるころあいが大切なのだ。それが早すぎると発酵が不十分となるし、遅すぎると酸味が強くなりすぎてしまう。そのカギは技術者が握っている。田舎ではこの技術者を「酒頭工」と呼び、酒を造ろうという人は高い金を払って遠くから招き、酒に熱を加えるころあいを見計らってもらっていた。酒頭工にも優劣があったが、酒を飲まない人でないとだめだった。彼の酒代がもったいないというのではない。酔っ払ってしまうと聴覚が鈍り、タイミングを間違えてしまう。そうなっては一甕分の酒が無駄になってしまうのである。聞くところによると、酒頭工のワザはとても細かなもので、抜き足差し足で甕の周りを歩きながらあぶくの音を聞くのだが、その際にある種の音が聞こえると酒が成熟したと判断し、熱を加えるという。彼の本領はまさにこの点にあり、それで給料をもらい、「技師」としての待遇を受けていた。これは科学が発達していなかった時代のことで、個人の経験に頼るしかなかったのだが、後になって科学的な方法が開発されるかもしれない。現在、公私合営制が採用され、「酒頭工」をめぐる状況はいくらか変化したが、耳で成熟を知るというのは旧来どおりで、科学的な機器ではまだ無理だ。

酒の味について、くろうとの振りをして少し話したい。私は酒を味わいたい気持ちはあるのだが、あまり飲めない。それゆえ酒が飲める人の話に基づいていうのだが、酒の味については「甘い」のが最も下で、「苦い」のがその次、「酸っぱい」のが一番いいそうだ。やや酸味のある酒がいい酒で、甘い酒は悪い酒だという。

沈永和酒造場が一九一二年に「善醸酒」を開発した。別の酒を原料にして造ったもので、とても有名だが、「甘い」のが欠点で、酒マニアの歓迎するところとはならなかった。最近新聞紙上で新しい品種が発表された。紹興酒を原料とした甘い酒のようだが、米を使った酒の正統ではなく、果実酒と言った方がいい。甘い酒の長所は口当たりがいいことだが、飲みすぎると悪酔いしてしまう。善醸酒はまさにそういう酒で、長所と短所が背中合わせになっている。本当の酒飲みとは言えない人が善醸酒を愛飲しているが、そのことは売り上げにあまり貢献していないようだ。私と同郷の人で、いつも五百グラムは酒を飲むという人がいる。善醸酒を飲んだときに変な感じがしたので、「瀘州大曲」という白酒に切り替えたそうだ。紹興酒については、「いい酒が少ない。これから故郷の名誉を担うのは越劇という伝統芝居だろう」と言っていた。この言葉に私は同意する。〈一九五七年七月〉

◇湯冷まし——周 作人

夏に冷たい水を飲むのは気持ちいい。が、生水は飲めないので、湯冷ましを飲む。一番いいのは氷水だ。しかし、現在はそんな贅沢は無理だ。普通の人には氷は買えないのである。私個人の意見を言えば、甘いのも塩辛いのもよくない。それゆえハッカ、カワラニンジン、スイカズラ、ウツボグサ、茶葉などはなくてもいい。夏だけではなく、冬も私はいつも湯冷ましを飲んでいる。これは私個人の習慣で、真似をしてもらうほどのことではない。

こういう習慣にはいいことと悪いことがある。いいことと言うのは、自身が便利と言うことだ。冷めたご飯や茶をおなかに入れても、眉間にしわもよらず、腹痛も起きない。だが、友人の家を訪問したときに困る。暑くてのどが渇いていても、淹れたばかりの茶が口に入らない。冷めるまで待つのだが、油断すると、友人が熱い茶に入れ替えてしまう。そうなってから慌てても、何にもならない。
いい茶は飲むが、別に飲まなくてもいい。湯冷ましがあればいい。北京の従来の井戸水は塩味を帯びており、ご飯を炊くにはいいが茶を淹れるにはよくない。水道水は漂白剤のにおいがするので、あまり好きではない。西洋式のポンプで深いところからくみ上げた井戸水は、清らかな甘みがあって大いに使える。以前は甘みのある水が出る井戸は、北京で二つか三つしかなかったが、現在は鉄パイプで掘削しているので、甘みのある水が容易に手に入るようになった。

〈一九五〇年八月〉

◇食べられる花——周 作人

上海の友人が特産物の展覧会を見たが、「食指が大いに動いた」そうだ。それも道理で、新聞でその記事を読んだだけの私でさえ、そういう思いを持った。とくに果物や野菜の展示目録を見たときはそうだった。ミカン、ザボン、ライチ、ヤマモモ、莱陽ナシ、水密桃、ハクサイ、ネギ、ショウガ、エダマメ、タケノコ、ザーサイなどだ。

これらを少し分析すると、果実、葉と茎、根の三つに分けられる。植物で食べられる部分というのはこのくらいで、花を食べるケースはまれなようだ。鮑山の「野菜博録」によれば、三一六種類ある食べられる草類の中で花が食べられるのはたった六種、一一九種類ある食べられる木類の中で花が食べられるのは一三種だ。が、細かく読むと、めったにお目にかからない植物も含まれているし、知ってはいるものの花はおいしくないものもある。ロウバイの花、エンジュの花、スイカズラの花、ツルドクダミの花などだ。実際に人が食べる花というのは、「鮮花餅」という菓子に入っている花か菊花鍋の中の菊の花くらいだ。

不思議なことに、私たちが漢方薬としてよく口に入れるホンカンゾウの花は「野菜博録」に入っていない。ヤブカンゾウの花は食べられるという記載はあるが。調味料として使われる花もある。バラの花とモクセイの花が重要だ。前者を用いて「バラの花ジャム」という食品を作るし、後者はいろいろな用途がある。チャラン、ジャスミン、ダイダイ、キクの花などは茶に香りをつけるときに使われる。ハスの花びらで白酒を造るのと同じで、食べるのではなく飲むものだ。一緒にはできない。

〈一九五一年六月〉

◇羊羹――周　作人

もとは中国のものだが、外国に伝わって四百年か五百年たち、中国に逆輸入されたら全然別のものになっていたというケースがある。どんなものでもこういうことはあるだろうが、食べ物には好き嫌いがあるので、その傾向は顕著だ。たとえば有名な茶菓子である「羊羹」もその一例だ。

北京で日本の真似をして作られ、市場に出回るまでは、「羊羹」という言葉は使われなかった。羊肉を使ったスープではなく、植物性の食品だ。アズキをこまやかな餡にし、砂糖を加えて加工して練り固め、方形に切ったものだ。したがって「アズキ餡糖」とでも呼ぶべきだろう。しかし日本ではずっと「羊羹」と書いている。日本人自身もなぜかはわからないようだ。最近、中国でもともと「羊肝餅」と呼ばれていたものが、日本に伝わってから「羊羹」に変わったのだろうと言われている。中国で羊肝餅の典故を調べてもわからないのは残念だが、唐時代の菓子で、今ではっきりわからないものもいくつかあるので、その説明は理にかなっていると思う。

中国の学問や技術を日本に伝えたのは、日本の留学僧だ。彼らは学問のほかに、食品もいくつか伝えた。羊肝餅はこれらの僧が持ち帰った食品で、十五世紀の「茶道」が発達した時代に、茶菓子としてはやり始めた。日本文化の特色の一つとして、「簡単」ということがある。一つのものにずっと磨きをかけていくのだが、食においてもそういう傾向がある。それゆえ昆布の専門店と同様、羊羹の専門店もある。結果として「羊羹」はとても有名になった。アズキ餡を使ったものが正統で、栗や柿を使ったものもあるが、傍流なので重視する必要はない。日本の茶菓子といえば、まず「羊羹」だが、その源が中国なのかどうかははっきりとはわからない。

最近中国の市場では、羊肝餅の子孫は相変わらず「羊羹」と呼ばれているが、面目を一新し、西洋の菓子のようになった。「簡単」という衣装を脱いで流行のファッションを身にまとい、「クリーム」や「バニラ」という種類も出ている。アズキの清らかな餡を使った羊羹を長く残してほしいと私は望んでいるのだが、無理かもしれない。が、アイスキャンデーでアズキの餡を使ったものがある。羊羹の味わいがあり、おいしいと思った。それを利用しておいしい食品が作れるのではないだろうか。

〈一九五七年八月〉

◇桃——周 作人

桃が嫌いな人はいないだろう。「詩経」の「桃の夭夭たる」という詩句は、のちに「逃亡」という意味で使われるようになった。本来「詩経」には「桃の夭夭たる、灼灼たりその華」、「蕡たる有りその実」、「その葉蓁蓁たり」とあり、花、実、葉のすべてに言及している。後になって桃の果実に重きが置かれるようになったようだ。

果物の中で人に最も好かれるのは桃だ。何かの絵で子供やサルが桃を捧げ持っている姿はよく見かけるが、リンゴや梨を捧げ持っている姿は見かけないことからも明らかだ。味について言えば、確かに果物で一番だ。その鮮なる味は、他の果物にはない。水蜜桃は甘みが普通なので、桃の中で一番というわけではない。子供の頃、夏白桃というのを食べたことがあるが、赤みを帯びた白い色で、桃特有のさわやかで新鮮な甘みがあり、今でも忘れられない。あと、田舎の人が蟠桃と呼ぶ平たい桃にも、特殊な風味がある。蟠桃といえば、九千年で結実し、食べれば不老長寿になるといわれている。古人が桃をどれほど重んじたかわかるだろう。

陶淵明の「桃花源記」は実際に存在した場所のことを言っているのだが、後世の人が読むと、仙人の世界のようだ。「たちまち桃花の村に逢う。岸をはさむこと数百歩、中に雑樹なし。芳草鮮美、落英嬪紛たり」という部分は桃の花を描写しているが、実に力がこもっている。決して偶然ではない。

〈一九五七年十月〉

◇食を語る――夏　丏尊

衣食住と交通手段は生活の四要素だ。人類は食べないではいられない。だが食べるという言葉にこれほど複雑な意味があり、食べる要求がこれほど露骨で、食べる方法がこれほどわずらわしく、食べる範囲がこれほど広くて、食べること以外に何もないようなのは、全世界で中国民族だけだろう。

新年の行事と言って、最初に私の頭に浮かぶのは食べることだ。幼い頃は冬になると新年が来るのを日々待ち望んでいた。浮き浮きしながら待っていた。新年には様々な楽しみがあるが、その一番は食べるものが多いことだった。

中国人は全世界で食べることに最も秀でた民族だ。普通の家は、客が来ると、男の主人は街へ食べ物を買いに行き、女の主人は台所で酒食の準備をする。客は応接間でスイカの種をかじりながら、その音を聞いている。食事という大事なことが終わると、客は主人に歩み寄り「お邪魔しました」と言うが、主人は「お構いもしませんで」と言う。「おやつを食べていってください」、「夜食を食べていってください」と引き留めることもある。

婚礼や葬儀の時、弔いや祝いは大したことではなく、満腹することに重点を置く。規模の大きなものは五日か七日、規模の小さなもので二日か三日、食べ続ける。朝食、昼食、おやつ、夕食、夜のおやつ、次から次へと、楽しく食べ続ける。まさに酒池肉林だ。

大みそかは、年越しの食事をしたり食べ物を持っていったりを順番にやる。新年になると、互いに祝い合いながら、食について語る。端午節も食べるし、中秋節も食べるし、誕生日も食べるし、友達と会っても食べるし、別れる時も食べる。何かあったら食べないではおれず、食べればことは終わる。

小さな子どもは三度の食事のほかに、毎日何回か母に小遣いをもらって、食べ物を買う。普通の学生の最大の消費は、学費でも書籍代でもなく、食費だ。成人が親孝行するとき、重要なのはおいしい食事を食べてもらうことだ。酒食を整えることは昔から女子教育の主要部分だった。「食は精を厭わず、膾は細きを厭わず」と「論語」にある。「沽酒市脯」と「割ること正しからざる」ものは、聖人は食べなかった。梨をおいしく蒸せなかったら、賢人は妻を追い出した。妻がおいしい料理を作ることは、誇るべきことだった。古来、多くの名士が様々な工夫を凝らして、いろいろなメニューを考え出してきた。

生きている人だけではなく、死んでからも食べる。他民族の霊魂は花をささげれば満足するが、中国の霊魂は食べないとだめだ。死後の飯茶碗は、生きているときと同様、あるいはそれ以上に重要なのである。一般の人は死後のいわゆる「供え物の食事」のために一生懸命財産を蓄える。道徳家たちは死後の冷たい豚肉のため、うわべだけの親切を進んで行い、一生を堅苦しく過ごす。朱竹坨は死後の冷たい豚肉を食べないわけにはいかないと、自らの詩集から「風懐二百韻」という愛を歌った詩を削除しなかった。これは今でも得たい美談とされているが、死後の冷たい豚肉を捨てられない人の多さがわかる。

人だけではなく、霊魂や神様も食べるし、口のない山川や天地さえも食べる。豚の頭だけを食べるものや豚を丸ごと食べるもの、もっぱら羊を食べるもの、もっぱら牛を食べるものなど、それぞれ好みが違う。古典に詳しい規定があるので、調べればすぐわかる。他民族は神様に礼拝するだけだ。他民族の神様は唯心的なのだろう。それに比べると中国の神様は唯物的なようだ。マルクスの学説を主張しているのだろうか。

梅村の詩に「十家三酒店」という言葉がある。街で一番多いのは食べ物屋なのだ。俗に「七つの生活必需品」というが、家庭で一番面倒なのは教育でも何でもなく、料理と食事だ。学校で処置が最も難しいのは、レベルの向上や授業の改善ではなく、食堂の騒ぎだ。

「二本足のものは父母だけは食べない。四本足のものはベッドだけは食べない」という言葉はまさにその通りだ。中国人の食べる範囲の広さは、外国人が驚くほどのものだ。世界の普通の食物のほかに、外国人が食べないような珍しいものも食べる。スイカの種やサメのひれ、ツバメの巣を食べ、犬や亀、蛇や猫、ヒキガエルやスッポン、ネズミなどもだ。胎盤のように人体から直接とったものを食べることさえある。もし可能なら、天上の月も取ってきて食べるだろう。

料理の方法も、さまざまだ。焼いたり、煮込んだり、蒸したり、塩水でゆでたり、油で揚げたり、炒めたり、燻したり、酒で漬けたり、あぶったり、あんかけにしたり、煎ったり、あえたり、とても言い尽くせない。古来数多くの名高い料理人がいたが、その名は名宰相とともに歴史に輝かしく残っている。いや、彼らの中には高位に登りつめ、実際の名宰相になった者もいるのだ。中国が世界に誇れるものが何か一つあるとすれば、それは歴史の長さでも土地の広さでも人口の多さでも軍隊の大きさでも戦争の頻繁さでもなく、食べることに秀でている点だろう。中国の料理は、すでに全世界を征服している。世界が及ばない三種類の刃物が中国にあるといわれているが、その第一は包丁だ。

祝い事のときに福禄寿の三星図をよくつるす。福禄寿は中国民族の生活上の理想だ。中央にいるのが禄で、右が福、寿は左にいる。禄は、ぶちまけて言えば、食べ物のことだ。老子はかつて「其の心を虚しくして其の腹をみたす」、「聖人は腹を為して目を為さず」と言った。食べることこそが重要で、後はどうでもよかったのである。「女遊び、ばくち、食事、衣服」の中では、食事が最も実益がある。「衣服は格好をつけるだけだが、食事は有用。ばくちは勢いだけで、女遊びはむなしい」といわれる。他のすべてが偽物であっても、腹の中の食べ物だけは真実だ。

食の重要性は、中国人の用いる言語を見てもわかる。中国では、食という字の意味はきわめて複雑で、どんなことでも「食」という字で表現する。人にいじめられることを「損を食べる」と言うし、平手で殴られることを「びんたを食べる」と言う。過分な要求をすることを「白鳥の肉を食べたがる」と言い、訴訟を「裁判を食べる」と言い、銃弾に当たることを「衛生丸を食べる」と言う。人と会えば、他民族は「おはよう」、「こんにちは」、「こんばんは」などと言うが、中国人は「朝ごはんを食べましたか?」、「昼ごはんを食べましたか?」、「晩ごはんを食べましたか?」だ。職業についても普通は食という字で表す。その職業で食べる、と言うのである。「ばくちで食べる」、「妓楼で食べる」、「外資系企業で食べる」、「教職で食べる」など、いろいろある。信仰を本とする宗教家や国家防衛を志す軍人にも、食という字を使う。中国では、信者と言わず、「カトリックで食べる」、「プロテスタントで食べる」などと言い、軍人と言わず、「軍糧で食べる」と言う。最近「党で飯を食べる」とか「三民主義で食べる」とか、多くの新しい言葉が出てきた。

衣食住と交通手段は生活の四要素で、人類は食べないわけにはいかない。だが食という字の意味がこれほど複雑で、食への要求がこれほど露骨で、食の方法がこれほど煩雑で、食の範囲がこれほど広く、まるで食べること以外は何もやっていないようなのは、全世界で中国民族だけだろう。

中国では、服は汚くてもいいし、部屋は粗末でもいいし、道路はぬかるんでいてもいいが、食に関しては、いい加減なところがいささかもあってはならないのである。衣食住と交通手段の四つの中で、食のレベルは他のすべてよりはるかに高いが、著しく調和を欠いている。中国民族の文化は、口の文化と言えるだろう。

仏教では六道輪廻を説き、衆生を天、人、修羅、畜生、地獄、餓鬼の六道に分けている。もしこの話を信じるなら、中国民族は餓鬼道から生まれ変わってきたのだろう。

◇良郷の栗――夏 丏尊

「熱いうちに、どうぞ」

「ああ！　月日が経つのは本当に速い！　また良郷の栗を食べる季節になったんだね」

「僕たちみたいに路地の家に住んでいると、季節を感じることはほとんどない。春夏秋冬、みんな知らない間にやってきて、知らない間に過ぎていく。数日前街でリンゴとカキ、良郷の栗を買って、秋が深くなったと感じたんだ」

「『良郷の栗が出ると、つらい季節がやってくる』という言葉があるけど、毎年良郷の栗が市場に出ると、すぐに寒くなる。貧乏人が良郷の栗を見ると、確かにおびやかされた気になるよ」

「今年は大凶作だったから、貧乏人のつらさは増すだろう。ここ数年、貧乏人はずっとつらい。良郷の栗であろうとなかろうとだ。『半山の梅』のときもつらかったし、『奉化の桃』のときもつらかった」

「そう、もともと数十年前の古い言葉だ。世界の変化は速い。良郷の栗も以前と違ってきている」

「どこが違うんだい？」

「以前の良郷の栗はざら紙で包んでいたが、今はクラフト紙の袋を使っていて、字まで印刷してある。栗を売る露店はずっと赤い紙に金色の文字で書いた看板をぶら下げていたが、蓄音機を使うようになった。最近は蓄音機はあまり見られなくなり、ラジオを使っている。一つの露店にラジオが一台だ」

「それは進歩じゃないのか？」

「進歩といえば進歩だが、外国人のために物を売ってやっているようなものだ。以前のざら紙と赤い紙はもちろん中国製品だが、現在のクラフト紙とラジオは外国製品だ。良郷の栗は洋装しているんだ！　今日食べている良郷の栗は二毛だが、外国にいくらか儲けさせてやっていることになる。良郷の栗だけで、外国人は毎年どれくらいのクラフト紙とラジオを売っているのだろう？　紙袋の印刷インキと機械もそうだ」

「国産製品提唱の良き演説だな！　去年は国産製品の年で、今年は女性と国産製品の年、来年は子供と国産製品の年ということか。チャンスがあればどこかで演説すればいいよ！」

「残念ながら誰も僕に演説しろと言わないし、演説しても無駄だ。中国の軍備でも交通でも、衛生でも文化でも、教育でも工芸でも、直接間接に外国人のために物を売ってやっているようなものだよ」

「うん、やっぱり良郷の栗を食べようよ。これは『良郷栗の大王』だ。紙袋にそう印刷してある」

「それも以前と違うところだ。以前は『いい栗』と言っていたのが、現在は『大王』だ。外国に『鋼鉄大王』や『石油大王』、『自動車大王』がいて、我々中国に『スイカの種大王』、『ピーナッツ大王』、『栗大王』がいる。数日たったら『カニ大王』も出てくるんじゃないか。何でも『大王』だ。『大王』がいっぱいいる」

「『アヘン大王』、『牛皮大王』もいる」

「今は大王だけじゃなくて、皇后も多い。『東宮皇后』とか『西宮皇后』とか、いっぱいいる。『映画皇后』とか『ダンス皇后』とか、数えきれないよ」

「それは当然だ。昔から『一陰一陽これを道となす』と言うじゃないか。『大王』がいっぱいいるんだったら、『皇后』もいっぱいいないと釣り合いが取れない。そうでないと世界が成り立たないよ」

「ハハハ！」

◇飢え——劉 半農

彼は飢えていた。静かに入り口に立っていた。何も考えず、しょげた様子で、指を一本口に入れて咬んでいた。

入口の向かいの空き地に、子供がいっぱい集まり、歌ったり、鬼ごっこをしたりしていた。

「僕も行って遊びたい。でも気力がない。入口の敷居に座って見ているだけにしよう」と彼は考えた。

そのうち地面に映る人の影がだんだん長くなってきた。太陽の光も徐々に暗くなってきた。「太陽が家に帰って眠るんだってお母さんが言ってたな」

多くの家の煙突から煙が立ち始めた。カラスの群れがカアカア鳴きながら、遠くのぼろぼろの塔に向かって飛んでいった。「お前たちも家に帰って眠るのかい？　晩ご飯をおなかいっぱい食べたのかい？」と彼はつぶやいた。

夕日の中のそのぼろぼろの塔を彼は眺めた。塔のてっぺんに数株の小さな木と、多くの枯れ草が生えていた。「あの塔には大蛇がいるんだ！」と誰かに言われたことを思い出した。「怖い！」とつぶやいた。

家の中に入ると、母が裏庭でよその家の服を洗濯しながら、片足でゆりかごを揺らしていた。ゆりかごの中の弟は泣き続けていた。母が涙を流しながら「また帰ってきたのかい！」と言うのではないかと思った彼は、物音を立てずに再び駆け出した！

父は外に出ていたが、彼はあえて誰もいない部屋に座らなかった。暗い部屋の隅に目がきらめいているように感じた。ほかならない、父の目だ！

物音を立てずに、再び駆け出した。相変わらずしょげた様子で、小指を咬んでいた。相変わらずしょげた様子で、入口の敷居に座っていた。

彼は本当に飢えていた！　呼吸が波打ち、全身の筋肉が震えるほど飢えていた！　しかし彼は泣き叫ばなかった。目の周りにかすかな涙の痕はあったが。彼は経験でわかっていた。何回泣き叫んでも、結局は父がコメを買って帰るのを待たねばならないのだ！

お父さんはすごい、と彼は思った！　毎日コメを買ってきて食べさせてくれるのだ。でも振り返って、また思い出した。父の見開いた目を思い出した！

食事の時、碗の半分ほど食べて、よそおうとすると、父が目を見開いて「『満腹』を知らないのか。まだ食べるのか！　明日の分を残しておけ！」と言った。母が涙を流しながら「お酒の量を減らして、この子にもっと食べさせてあげて！」と言った。父は何も言わなかったが、目を丸く見開いた！

父がなぜ目を丸く見開いたのか、母がなぜ涙を流したのか、彼はわからなかった。しかし、彼は食べるのをやめ、そっと席を立った！

彼はいつも叔母のことを考えていた。「久しぶりね、三年ぶりね！」と母は言った。三年前叔母がやってきた時、二匹の魚の塩漬けと、肉の塩漬けを持ってきた。叔母はすぐ帰ったが、彼は毎日叔母のことを考えていた。一匹の魚の塩漬けが新年まで窓口にずっとぶらさがっていたのを、彼は覚えている。

「おばさんは、僕の優しいおばさんはどうして来ないの？」。彼はいつも母に尋ねた。「遠くに住んでいるのよ。二十五キロも離れているから、一日歩かないと来られないの」と母は言った。

そう、彼は毎日同じことを考えていた。母のことを考え、父のことを考え、ゆりかごの中の弟のことを考え、叔母のことを考えていた。ぼろぼろの塔の中の大蛇のことも考えていた。「大蛇の目はどのくらい大きいのだろう？」と彼はつぶやいた。

指先を咬みながら、暗くなるまで、ずっと考えていた。毎日同じことを考え、毎日同じものを見ていた。

聞き慣れたラッパの音が聞こえ、いつものおぼろ豆腐売りがやってきて、向かいの空き地に天秤棒を置いて休んだ。子供たちは遊ぶのをやめてそれを取り囲み、小さな碗で食べ始めた。

彼は母に「どうして僕たちはおぼろ豆腐を食べないの?」と聞いたことがある。母は「あの子たちはおぼろ豆腐を食べたら、晩ご飯を食べないのよ!」と答えた。本当にかわいそうだと、彼は思った。あれだけだったらおなかが空くんじゃないだろうか? 彼らがなぜおなかを空かせないのか、不思議にも思った。同時に天秤棒のコンロでしょうゆを煮るにおいが、風に乗って運ばれてきて、彼は格別に飢えを感じた!

だんだん暗くなってくると、五人の見慣れた大工が、いつものように道具を背負い、タバコをふかしながら通り過ぎていった。最も年を取った大工は、いつものように酒を飲んで顔を真っ赤にしていた。黄酒が半分ほど入った瓶をぶら下げていた。

彼はずっと見ていたが、遠くのぼろぼろの塔はだんだん見えなくなってきた。空地のおぼろ豆腐売りも、天秤棒を担いで、去った。いつものように、四人の兵士がやってきた。二人は軍用の棍棒を持ち、二人は提灯を持っていた。その後ろに丸眼鏡をかけた上官が、馬に乗って続いた。

空地の子供たちは遠くから兵士がやってくるのを見ると、「夜だ!」と言って、みんないなくなった! 街角に寝そべっていた黒犬が跳ね上がり、上官の馬に向かってワンワン吠えた!

「夜だ、夜だ！　お父さんはまだ帰ってこないけど、家に入らないといけない！」。彼はつぶやいた。戸を閉じようとすると、数匹の魚をぶら下げた女性が、彼の前を通り過ぎた。門を閉じて、かすかな光の中を手探りで進みながら、彼はつぶやいた。「どの家の子供の叔母さんだろう！」

〈一九二〇年六月二十日　ロンドンにて〉

◇紹興の食べ物――孫 伏園

以前雲南の友人である潘孟琳さんがこんなことを言っていた。竹かごを二つぶら下げた天秤棒を担いだ行商人が雲南にいて、いつも「売ってるよ！」と叫んでいる。その行商人の大部分は紹興の人で、売っているのは紹興の食べ物ばかりだ。乾燥野菜や干したタケノコ、茶葉や腐乳（豆腐を発酵させてから塩に漬けたもの）などだ。

紹興にはこのように多くの特別な食べ物がある。紹興の人は家にいるときは何とも思わないが、いったん他地方に滞在すると一つ一つを思い出すのである。紹興の食べ物を売る行商人はこういう需要にこたえるべく発生した。北京や武漢、上海に滞在していたとき、この手の行商人をよく見かけたものだ。

詳しく述べると、いわゆる紹興の食べ物は三種類に分けられる。乾燥食品、発酵食品、蒸した食品だ。

動物性であろうと植物性であろうと、乾燥食品のいいところは以下の三点だ。①一年中味わえること。たとえばタケノコのシーズンでなくても干したタケノコは味わえるし、フウセイという魚のとれない時期でも干物なら食べられる。②異なった味わいを楽しめること。たとえば干したカラシナと干したハクサイの味は、カラシナやハクサイとは全く異なるし、フウセイも干物にすると違った味になる。干しエビとむきエビも別の味だ。③携帯の利便さが増すこと。重量もかさも減少するし、水分がないので腐らない。

発酵食品については、内容と外見の差は乾燥食品より大きい。発酵食品を好むのは紹興の人だけではなく、他地方にも愛される発酵食品はある。たとえばフランス人は発酵したクリームを好んで食べるし、北京の人は臭豆腐（豆腐を発酵させて作る臭みがある食品）とピータンが好きだ。が、紹興の人が他地方の人より発酵食品を愛するのは確かだ。腐乳は紹興では「かび豆腐」と呼ばれ、「赤かび豆腐」と「白かび豆腐」の二種類がある。白かび豆腐には臭みのあるものとないものがあり、臭みのあるものは「臭いかび豆腐」、臭みのないものは方形なので「酔方」、「糟方」などと呼ばれている。

発酵させたタケノコもあり、「かびタケノコ」と呼ばれている。発酵させた野菜の根も食べるが、「かび菜頭」という名だ。ヒユナの茎も発酵させて食べるが、「かびヒユナ」と呼ばれ、蒸した豆腐を添えると良きおかずになる。だんだん蒸した食品の話になってきた。

蒸した食品も多くの特別なものがあるが、他地方ほど工夫を凝らさない。たとえば他地方では米粉肉（豚肉に米の粉と調味料を加えて蒸したもの）やフナとシジミを蒸した料理をよく食べるが、紹興の人がよく食べるのは野菜と豆腐を一緒に蒸したような簡単な料理だ。ここで周啓明さんに許しを請わねばならない。塩孋を買ってくれというメモを勝手に発表してしまったからだ。

塩孋とは海水を煮て塩を作るときの余りのようなものだ。海水を煮ると、その汁が一滴一滴こぼれ落ち、たきぎの灰の中に重なり、灰色の石炭のようなものになるが、これが塩孋だ。塩孋は当然塩辛いが、格別な新鮮味があり、「瑠豆腐」を作るのに最適だ。「瑠」とはたたいたりつぶしたりするという意味で、豆腐をたたいてつぶした後、塩孋を加え、さらにタケノコの粉とごま油を足して、飯炊き鍋で蒸す。何度か繰り返して蒸せば、なおのこといい。取り出して食べれば、安くておいしい「瑠豆腐」だ。乾燥野菜と肉を一緒に蒸すこともある。碗の中に生肉と乾燥野菜を重ねて、二十回か十五回蒸す。そうすると肉に乾燥野菜の味が、乾燥野菜に肉の味がしみこむ。ほかにフウセイの干物と鶏肉を一緒に蒸すこともあるが、尽きることのない味わいがある。西湖碧梧軒の紹興酒館は、この料理で有名だ。

◇北京、年越しの味――張 恨水

まもなく旧暦の新年だ。北京での年越しの味わいを思い出し、うっとりとした気持ちになる。北平（北京の旧称）の壮麗なる建築と悠久の歴史を持つ安逸たる習慣に、人はあこがれるのである。西洋人が一年で一番楽しむのはクリスマスだが、中国人が一年で一番楽しむのは年越しだ。ことに北平の人たちの年越しは趣きが深い。お金のある人には当然いろいろな楽しみがあるが、貧乏人も一キロくらいの羊肉を買って、ハクサイを中に入れた餃子を作り、一家全員が満腹する。憂いを忘れ、少なくとも二十四時間は快活に過ごせる。こうやって人生を過ごすのはまさにいいことで、北平でずっと年を越せればすばらしいと私は思う。

ある例を挙げて、北平の人たちの年越しの奥深い楽しみについて語りたい。つまり旧暦の七月か八月の段階で、一般庶民は「蜜供の準備」を始めるということだ。蜜供とは油で揚げた麺類の一種で、表面に糖蜜を塗った食品だ。これを宝塔の形に積み上げ、てっぺんに赤い紙の小さな旗を挿す。大きなものも小さなものもあり、大きなものは高さが七十センチか八十センチ、小さなものは二十センチくらいで、重さは一キロを超えるものから二百グラムくらいのものまである。大晦日になると、その家の経済状況にもよるが、祖先を祭る祭壇の前に五体もしくは三体供える。これを専門に作る業者は、旧暦の七月か八月から一般庶民に月賦で料金を納めてもらい、年末に料金が払い終わると品物を渡すのである。こういう小さな事に立秋の時期から意を注いでいるのを見ても、年越しの味の奥深さがわかるだろう。それゆえ、十二月になるとすぐに、商店では絹の提灯をぶら下げたり花飾りをしつらえたりして、品物を売りに出す。天津楊柳青の年画も、大量に北平に運ばれる。街路に少しでも隙間があれば、そこに年画を出して売るのである。各地区で催される縁日も、いっそうにぎやかとなる。都市部の人が必要とするものも、郊外の人が必要とするものも、がらりと変わる。すべて年越しに関連するものになるのだ。旧暦十二月八日に臘八粥を食べ始める頃から、庶民の年越しの楽しみは高まりを見せる。新年が近づけば近づくほど、街頭の風景も年越しの味わいを増していく。十五日を過ぎると、全市の紙を売る店では、神像を描いた赤い紙の札をぶら下げ、落ちぶれた文人たちが街路のひさしの下に店を出し、新年を祝う対聯を書き始める。かまどの神様に供えるキャンデーを入れた大きなかごが並びだし、ドライフルーツ店や菓子店が上中下三クラスの果物の砂糖漬けとナッツ類の詰め合わせをショーケースに展示する。天秤棒を担いだ物売りは、仕事に力が入り始める。子供たちの年越しの好みに合わせた菓子や玩具を天秤棒に載せ、路地を売り歩くのだ。物売りの鳴らすどらの音が聞こえるや否や、子供たちは天秤棒を取り囲む。それゆえ北平に来たばかりの人でも久しく住んでいる人でも、街を一巡りすれば、もうすぐ新年だと感じるのである。

北平はいかなる地方の人民も受け入れる都市だ。真の宛平、大興両県の人の比率はかわいそうなくらい小さい。しかしこれらの市民も、北平に三年も住めば、多くの祭日の楽しみに染まり、しかも染まるほどにその度合いが深くなっていく。私は北平に十六、七年住んだだけだ。大難を何とか生き延びた命ではあるが、北平の年越しの味への思いは今もはっきりと心に残っている。当然、現在の北平の一般庶民には年越しを味わう余裕などないだろう。だからこそ私の思いは深くなっていく。〈一九四五年一月九日　重慶「新民報」〉

◇風にたなびく果物市場の香り――張 恨水

「涼しくなったが、まだ寒くはない」。今この言葉を江南に用いるのは早すぎるが、北平の中秋にはぴったりだ。意外に思う人もいるかもしれないが、私が北平の中秋をめでるのは、「お母さんやおばあさんたちの言葉」の通り、夜の果物市場をうろつくことを好むからだ。果物市場をうろつく楽しみの第一は、「涼しくなったが、まだ寒くはない」気温。第二は詩興が湧くこと。第三はわいわい騒ぐこと。第四は月を見ること。最後の五番目が、果物を買うことだ。読者の皆さん、興味がありますか?

特定の果物市場ではない。東単、西単、東四、西四など、いろいろだ。東四の隆福寺、西四の白塔寺北側の新街口には臨時の果物市場が出現することがある。旧暦八月十三日の夕方、果物を売る露店がそういう場所に出現する。夕食を終えると子供たちが「果物市場に行くんだ！」と騒ぎ始めるが、彼らを連れていくのはおばあさんやお母さんだ。それに加え三人の自称文人（実際はあまりものを書かない）が、サージの背広もしくは薄手のラシャの中国式上着を着て、かすかな西風が庭の木の葉に吹く音を聞きながら、門を出る。路地の白壁に映える月光を見ると、身も心も軽やかになり、果物市場に近づくと、清らかなかぐわしさを感じる。露店の主が竹竿に電球を二つか三つぶら下げているが、高かったり低かったりで、まるで店の軒にきらめく水晶の球だ。この電光の下、白みがかった緑色のチュウゴクナシが台の上に山積みだ。真ん中が膨らんだ赤いナツメ、赤ブドウや白ブドウをいっぱい盛ったかごが街路に置いてある。リンゴはかなり貴重な果物で、紅を塗った女の子の頬のようだ。青い布を敷いたテーブルの上に、いろいろな形に積んである。ザクロは熟してぱっくり口を開け、水晶の歯を見せている。ほかにビンズやサンザシ、カイドウの実が箕やかごに入っている。そういう露店が数百メートル続いているのだが、おばあさんやおばさん、お嬢さんや子供たちがグループでまわっていく。少し混んではいるが、かしましくはない。軽やかな市場だからだ。月が頭上を照らし、そよ風が女性の髪の毛を揺らす。みんな優雅に果物を選んでいる。露店の主も楽しんでいるようだ。うやうやしく「このナシはサクサクして甘いですよ。お召し上がりになったらいかがですか？」などと言っている。ここは君子の国なのか？

どこからか濃厚な香りが漂ってきた。あ！　風だ、露店で花を売っているんだ。電灯の下のロープにまだ緑の葉のついたブドウの房がたれ、その下の水を入れた桶にたばねたチューベローズとタマノカンザシ、色彩豊かなオランダカイウが入っている。別の桶に二枚のハスの若葉が浮かび、たばねた赤と白のハスの花が香っている。白くて太いレンコンもすてきで、色の調和が素晴らしい。

十時になった。ハスの葉の包みをいくつかぶら下げて帰ろう。路地の月はすでに頭上に昇り、地面は水銀を流したようだ。人家の塀から伸びた樹木の頂が軽やかな影を落とし、顔に少し冷たい風が吹いたが、寒くはない。路地を歩く人は少なく、自分の足音が聞こえる。どこからだろう、縦笛の音がする。心に詩が浮かんだが、捕まえきれない。空中に浮かんでいるかのようだ。

〈一九四四年十月三日　重慶「新民報」〉

◇軒下で焼き肉を味わう――張 恨水

北平の「松のたきぎで焼いた肉」を食べたことのある人がいるだろうか？　現在はミカン類や菊の花の露店がいろいろなところに出ているが、これを味わったことのある人なら、北平にあこがれるはずだ。

伝えられるところによれば、松のたきぎで焼いた牛肉こそ北方の大陸の味であり、食べる際には単に味を舌で感じ取るだけではなく、その境地を心で感じ取らなければならないということだ。士大夫階級だったら、当然感じ取ることはできない。私は北平に二十年滞在し、最後の数年間は様々な方法で味わおうとしたが、正統の「やり方」は、いまだに「身について」いない。どういうふうに味わうのか？　かなりユーモラスだ。

どんな街路にも三メートルくらいの幅の歩道があり、人の通行の妨げにならないような軒下に露店が出ていることがある。焼いた牛肉の店のかまどは、こういうところに置いてある。大きな食堂のかまどであろうと小さな食堂や屋台のかまどであろうと、配置は同じだ。一メートルくらいの高さの円筒状のかまどの上部に鉄の覆いがかぶせてあるが、北方の人はこれを「炙」と呼ぶ。七十センチくらいの長さの松のたきぎを、「炙」の下部に詰め込んで、焼く。店の主は牛肉や羊肉をクラフト紙のように薄く、手のひらくらいの大きさに切り（まさに芸術だ）、小皿に盛り付け、カウンターもしくは台の上に置く。黄色い太陽が街角に傾き、西北の風が人の頭の上を通り過ぎる頃になると、松のたきぎの火は赤く燃え、煙が街路へたなびき始める。風下の離れたところでその「焼き肉の香り」をかぐと、好きな人なら思わず歩いていき、「一皿頼むよ！」と声をかける。かまどの周囲に長い腰かけが四つ置いてあるが、座るためのものではない。そこに座るのは人力車の踏み板に座るようなものだ。上着の裾をめくりあげ、その腰かけを右足で踏むのである。店員が肉を持ってきて、かまどの上の木の枠に置く。そのほかにネギを一皿と、料理酒と醤油を混ぜたものを一皿。木の枠に置いてある四十センチくらいの竹製の箸で小皿の中の肉をつまみ、料理酒と醤油を混ぜたものにつけ、すぐに「炙」の炎であぶる。ネギを振りかけるのも忘れてはならない。そうして肉の香り、ネギの香り、醤油と酒の香り、松の煙の香りが一つに溶け合い、「炙」の上でハーモニーを奏でる。箸を動かせば動かすほど香りは増す。

小麦粉をこねて焼いたものが食べたければ、店員が焼いてくれる。酒が飲みたければ、店員が盃と十センチくらいの高さの錫でできたやかんを持ってきてくれる。この時左足は地面、右足で腰かけを踏み、右手で長い箸を使って「炙」で肉をあぶり、左手の二本の指で錫のやかんをつかんで木の枠に置いた盃にパイカルを注いでいる。焼けた肉を口に入れ、続けて盃で酒を飲むと、気持ちも大きくなる。

楽しみはこれにとどまらない。「炙」一つで、六人か七人が囲んで同時に食べられる。みんな通りすがりで、誰も知り合いはいない。が、各人が「炙」の一部分を占めて肉を焼く場合、「お互いに侵犯しない」という暗黙の了解がある。それぞれが自分の分を焼いて食べ、「いい味ですね」などとたまに言葉を交わすと、会心の笑みが漏れる。充分食べて充分飲んだら、アワのかゆを注文して、野菜の塩漬けや大根と一緒に食べる。こってりした焼肉の後にあっさりしたかゆを食べるのは、尽きせぬ味わいだ。笑い話になってしまうが、肉を焼くときに運悪く風下に立っていると、かまどの松の煙が顔を直撃するので、それをよけて涙をぬぐわなければならなくなる。しかし目をこすりながら長い箸で肉を挟んで焼くのも、それなりに楽しいのではないか？

士大夫階級は、当然これを味わえない。いや、順直門の「烤肉宛家」のしっくい屋根の小屋の中と東安市場の「東来順」の三階、前門外の「正陽楼」の中庭でも、肉を焼いて食べられる。ことに「烤肉宛家」では、夕暮れ時はいつも、アワのかゆを食べている特別室から狐の皮のオーバーコートが二十着か三十着運び出されている。当然、しっくい屋根の小屋の入り口には立派な車が何台も止まっているわけだ。ああ！　今思うと、夢だ。

〈一九四四年十一月七日　重慶「新民報」〉

◇菊の花に旧居を思う――張　恨水

晩に夢を見た。七人か八人の友人とともに丸いテーブルを囲み、菊花鍋を食べているのだ。おいしく食べ始めたら、何かの音で目が醒めた。目を開けると、テーブルに置いたランプの炎はまるで豆粒のようで、ぼやけた影を部屋に落としていた。窓の外に見えるチガヤの軒が、西北の風に吹かれてかさかさ音を立てていた。竹をはめ込んだ壁の下の土からも、こすれるような音が聞こえてくる。ネズミが動いているのだろうか。この山奥の谷に、それより大きい音はない。宇宙が死んでしまったかのようだ。数秒間、私は夢うつつの世界にいた。枕の上で夢を思い返すと、だんだん味わいが出てきた。食べかけの菊花鍋を全部食べてしまいたかったが、無理だ。もう目が醒めてしまっている。両目を開けると、窓の木の枠に張った紙が青白い色に変わってきた。どうしてこんなに味わい深いのか。まず、菊花鍋について紹介しなければならない。南方で言う五目鍋のことなのだが、北平では、多くの食材のほかに、大皿二つに盛った菊の花びらを持ってくる。その花びらは必ず白で、カニのはさみの形でなければならない。赤く火が燃える炉のそばに、こういうものを二皿ささげ持ってくるのは、実に情緒がある。菊の花びら自体には何の味もない。みんな情緒を味わっているのだ。もちろん多少の香りはあるが。

それだけのことなら、なぜこんなに夢を懐かしむのか？　菊花鍋から菊の花を思い出し、菊の花から北平の旧居を思い出したからだ。私は北平の東西南北すべての部分に住んだことがある。私が住まいを選ぶ際の必須の条件は二つだ。第一、樹木の生えている大きな庭といくつかの小さな庭が必要だ。第二、水道がなければならない。第二の条件は私が茶が好きだからで、第一の条件は花栽培が好きだからだ。一年四季を通して花をめでるが、秋に菊の花をめでることこそ私の楽しみの中心だ。自分でも栽培するが、菊の花のシーズンになると、多くの花を購入する。私に限らず、北平で質素な暮らしをしている人なら、菊の花のシーズンが来ると、二鉢くらいは購入して部屋に並べるだろう。路地の入口や街角でおしゃべりをしている一般庶民のおばさんたちも、天秤棒を担いだ花売りが路地にやってきたのを見れば、コインを十枚使って安い花を買い、軒下の植木鉢に植えるだろう。

北平にはもっぱら菊の花を栽培している人たちがいる。まるで切手の収集家のようで、国際性があり、国内の南北の菊の栽培家と連絡を取り合っているだけではなく、日本の菊の栽培家とも種を交換し合ったり、花の写真をサンプルとして郵送し通信販売をしたりしている。私はそこまでは行っていないが、それに近い。それゆえ北平にいながらにして、有名な品種を手に入れるのもそんなに難しくない。それゆえ毎年菊の花のシーズンになると、百鉢以上の上等の菊の花が、丈の高いのも低いのも、いくつかの部屋に並ぶことになる。一つ、二つ、多くても一鉢に三つの花なのだが、絵の素材になるように調整する。菊の花の傍らに、ほかの秋の花や小さな金魚鉢、カボチャや石ころ、蒲の葉や果物を盛った皿、偽の骨董品（本物は高くて買えない）、はなはだしくは大きな蕪を置いて引き立て役とし、姿態や色彩をもって調和を醸し出すのである。夜になると、輝く電灯の光が花の影を壁に映し、多くの素晴らしい絵が描ける。言うまでもなく、部屋の外の廊下には、菊の花の鉢を置く台が少なくとも二つはある。北平は寒いので、菊の花が盛んに咲く頃には庭に置けなくなるのだ。

私は友人をよく招き、菊の花に囲まれながら、緑茶を飲んで語り合う。パイカルを用意し、菊花鍋を楽しむこともある。そこで食べる花びらは、私自身が育てたものだ。霜が真っ白に降りたときに、ガラス窓から外を見ると、エンジュの落ち葉が庭に敷き詰められ、枯れた木の影を太陽が窓のカーテンに映している。心はきれいで軽やかになり、かぐわしい菊の花に囲まれて、手に杯だ。実に素晴らしい情緒だ。私が贅沢をしているわけではない。菊に使うお金は二百元以下だ。ここまで書いて、山奥の小屋の窓の下に鉢に入った「楊貴妃の酔い」という名の菊の花が目に入り、少し暗い気持ちになった。

〈一九四四年十一月二十八日　重慶「新民報」〉

◇食べ物売りの掛け声——張　恨水

私もかなりの商業地を歩いてきたが、食べ物売りの掛け声は、北平が最高だ。北平の食べ物売りの掛け声は、複雑であるが調和も取れている。昼であろうと夜であろうと、寒かろうと暑かろうと、聞く者に深い印象を与える。「羊の肉！」、「鶏肉の煮込み！」などの極めて簡単なものもあるが、声の調子で字句の不足を補っている。字句の多いものだと、優美なものがいくらでもある。たとえば夏のアイスクリーム売りは、路地のエンジュの木陰に天秤棒を下ろし、かごをぶら下げて、「アイスクリームだ、いっぱいあって、甘くて冷たい。渇きをいやすよ」と叫ぶが、聞く人に面白みを感じさせる。秋と冬のピーナッツ売りが「ピーナッツだ、サクッと香ばしくて、ゴマ醤油の味だよ」と叫ぶのもユーモアがある。

独りよがりな考え方かもしれないが、北平に長く住んでいると、北平の食べ物売りの掛け声は環境によく適合し、とても美しい情緒があるといつも感じる。今は冬なので、冬の例を挙げよう。早朝、太陽の黄色い光が、葉が落ちた庭の樹木の枝を通り抜けて白壁を照らし、路地の隅に雪が残っている。道行く人は少なく、鞄を背負った小学生が二人か三人学校へと歩いている。大小の焼いたサツマイモを二十個か三十個置いた木製の火桶を載せたリヤカーが、路地の真ん中に止まっている。古い羊毛のチョッキを着て腰にベルトを締め、両手をチョッキの中に突っ込んだ物売りが、ふた筋の白い息を噴き出しながら、リヤカーのそばに立ち「おーい、熱い焼きイモだよ。甘くておいしいよ。栗みたいな味がするよ」と叫んでいる。早朝、門の外に立ち、寒さと飢えを感じたときにこれを聞けば、誰でも焼イモを数個買って食べるだろう。

北平に少し長く住んでいる人なら、マントウを売る人のことを気の毒だと思っている。いつも深夜に出てくるからだ。ひっそりと静まり、風が吹いて雪が舞っている時の寒さは、鋭い刃物のように人を刺す。が、マントウ売りは、路地の奥深くで、「マントウだよー、どうだーい」と悠長な掛け声を出す。暖かな部屋にいてこの声を聞くと、わびしさと物悲しさを感じる。深夜の時計の音のように人の心を動かすのだ。貧しくて苦しんでいる人に十分なる同情を与えるべきだろう。

実際は、食べ物売りの掛け声の大部分は、人に喜びを与えるものだ。そうでなければ客を惹きつけられない。たとえば、真夏にマクワウリを売る人は「おーい、マクワウリを食べなよ。甘くてさくっとしているよ。アイスクリームみたいに冷たいよ」と叫ぶ。緑に茂ったエンジュの高いところでセミが鳴いているときに、これを聞くのは実に刺激的だ。それゆえ食べ物売りの掛け声に北平の人は楽しみを感じ、子供たちは真似をして楽しむ。たとえばワンタン売りの掛け声は、いつも「ワンタン鍋だよ」で始まる。よく響く声で、まるで京劇役者のせりふのようなのだが、子どもたちは勝手に「せりふ」を作り、北平なまりで歌うのである。食べ物売りの掛け声に対する北平の人の興味の深さがうかがい知れるだろう。

〈一九四五年二月六日　重慶「新民報」〉

◇夜中の炒りおこし売りの掛け声――張恨水

北平に少し長く住んでいる人なら、必ずマントウ売りの掛け声に深い印象を持つ。重慶に似たようなものがあるとすれば、炒りおこし売りだ。天秤棒の左にポットをぶら下げ、右にランプを入れたかごをぶら下げている。あるいは前にポットで後ろにかご、ガラスの覆いのついたランプを手でぶら下げているのもいる。ポットの内部で炭で湯を沸かすのだが、火は小さく、紫色で、沸くのに時間がかかる。かごにざらざらの碗と竹の箸、紙で包んだ炒りおこしが入っている。食べるときは、おこしを砕いて碗に入れ、ポットから湯を注ぎ、箸でつまむのだ。おこしはそんなに上等ではなく、甘くもない。湯の中でも溶けないので、その味は見当がつくだろう。

その掛け声には詩的な情緒があふれているが、とても物悲しい。夜も深くなると、街路はひっそりと静まり返る。路地の電灯がわびしく光り、家々は戸を閉ざしている。そこに「炒りおこしだよー」という掛け声が、夜空を遠く伝わっていくのだ。特に明け方近くになって、濃い霧が立ち込め、夜風が吹くと、凄然の極みだ。この絶えることのないかすかな掛け声を聞くのは、寒山寺の夜の鐘より、うらさびしい。

〈一九四七年五月三日　北平「新民報」〉

◇坦々麺――張　恨水

坦々麺には二種類あり、四川の人であろうとなかろうと、みな好む。第一は、街路に沿って売っているものだ。前にコンロと鉄の缶を置き、後ろに戸棚を置いている。戸棚の引出しに麺類とワンタンを入れ、その上に醤油や酢などの調味料を入れた皿や瓶を置いている。調味料の多くは粉末なので、他の土地から来た人はどういうものなのかわからない。第二は、竹かごに生野菜を入れているものだ。面が煮えると、熱湯をくぐらせた野菜をその上に加える。すべての調味料を少しずつつまんで振りかけるのだが、コショウとショウガは特に欠かせない。さっぱりとして口当たりがよく、私が初めて重慶に来た時は、一碗が四分か五分だった。第一のものは、露天だが、テーブルのあるものもないものもあり、立って食べる人もいれば座って食べる人もいる。いくつか種類があり、みそ味や何も入れないもの、ラー油味のものなどだ。味の秘訣はスープにある。豚骨を煮て作っているので、実に美味だ。看板などはないが、きちんとした身なりの人が、手を携えてやってくる。成都の人は、重慶の人以上に担々麺を好む。地面に腰をかがめ、ずるずる音を立てて食べている姿もよく見る。北平の人ももとより軽食を好むが、そういう姿はあまり見ない。

〈一九四七年五月二十三日　北平「新民報」〉

◇福州の飲食――郁 達夫

福州の食品は、ずっと他地方の人に称賛されてきた。十数年前の北平では、人の家のコックについて話をすれば、劉崧さんと林宗孟さんの家の料理がとてもおいしいという点でみんな一致した。当時は宣武門外の忠信堂が繁盛していたが、その忠信堂の主人こそ、かつての劉家のコックで、清朝宮廷の料理人も務めたことのある人物だ。上海の小有天は今は営業していないが、広東料理が上海を征服する前は、繁盛していたこともある。伊府麺という麺料理は、福建西部の汀州の知事が創作したものだという。その知事は揚州に長期間滞在し、袁枚とも交流があったが、惜しいことに袁枚ほど物好きではなかったので、レシピを本として書き残し、調理法を我々に伝えることをしなかった。そうでなければ、この福建のサバラン（「美味礼讃」の著者）の栄誉は、とっくに海外に伝わっていただろう。

福建の食べ物がこれほど有名で、現実にとても豊富な原因の第一は、天然の物産に富んでいることだ。福建省全体を見れば、東と南は海に面し、西と北は山が多い。それゆえ山海の珍味が実に多い。聞くところによれば沿海部の住民は、飢餓の心配がないそうだ。引き潮の時に浜辺を歩くだけで籠いっぱいの海産物が拾えるので、それで飢えをしのげるという。そのうえ気候も温暖で土地も肥沃なので、どこででも栽培し、いつでも収穫できる。一年四季を通して、タケノコも野菜も絶えることがない。山菜の味も、他地方より鮮やかで甘みがある。福建はこのように天然の物産が豊かだが、他地方で役人をやったり商売をしたりしている人がとても多い。そういう人たちが福建で採取した材料を使い、他地方で学んだやり方で調理する。五味が調和した、様々な種類の料理ができるので、福建料理は美食家に賛美されるのである。清朝初期に周亮工が著わした「閩小記」（「閩」は福建省の別称）全二巻には、食品の記述が非常に多いが、それも当然だ。

春の二月と三月、福州の水産物で最もおいしいのは、長楽でとれたカラスガイと海辺のカキだ。「閩小記」で言及している「西施の舌」は、カラスガイを指しているのではないだろうか。色が白くて肥え太り、さっぱりとした味で、鶏のスープで煮た長くて丸いカラスガイの肉は、色と味と香りのすべてが素晴らしい絶品だ。以前のことだが、ある海軍軍人の母が病がひどくなったので、その軍人は故郷への思いを募らせた。彼はカラスガイの肉を手にいれ、親孝行なことに千里の遠くから飛行機で運ばせ、母に味わってもらったという。この逸事からも、カラスガイのおいしさがわかるだろう。私は今回まさにカラスガイのシーズンに福州に到着した。醤油で煮たものや塩でゆでたものなど、さまざまなカラスガイ料理を食べつくしたが、まさに今生の壮挙であり、その食運の良さを、ここに特に記しておく。

カキは福州にだけあるわけではない。が、福建のカキは、浙江の沿岸地区のものに比べると、はるかに肥え太っていて柔らかい。二月と三月は、道沿いの店のいたるところにカキが積んである。値段が安くて味も素晴らしく、蘇東坡が嶺南でさかんに食べたカキよりも、当然上だ。惜しいことに蘇東坡は福建の海辺で蟄居はしなかった。もし福建に来ていたら、陽羨（江蘇南部）の田を隠居用に買うこともなかったし、その子孫も福州に住み続けたかもしれない。

清朝の初期は、タイラギの貝柱は現在ほど流通していなかった。それゆえ周亮工は逸品だと再三賞賛している。現在の福州では、タイラギの貝柱が特に話題になることはないが、フカヒレ料理には欠かせない。ワタリガニのことを福州の人は「新恩」と呼ぶが、「閩江記」で取り上げている「虎蟳」は、たぶんこれのことだろう。福州の人によれば、ワタリガニの肉は栄養があって消化もよく、妊婦や体の弱い人がよく食べるそうだ。が、もともとカニ類の嫌いな私は、周亮工の「質が粗くて味も劣り、カラスガイやカキ、サザエなどのさっぱりした味に遠く及ばない」という言葉に賛成する。

上述の三種以外にも、福州には多くの海の幸がある。しかし他地方にもあり、ふだん上海でも食べられるものについて記しても何の価値もないので、ここでは書かない。海の幸と対比される山の珍味については、乾燥品を他地方で購入できるので、わざわざ記述する必要もないだろう。それゆえここでは「肉燕」という変わった食品について述べる。

福州に初めて来たとき、さまざまな街路や路地を歩いていると、いくつかの店に物を叩く時の台が置いてあるのが見えた。そして大きくて強そうな男が一人か二人、台の上に置いた豚肉の塊を木槌で力いっぱい叩いていた。どうして豚肉をこんなに力いっぱい叩いているのだろう？　見るたびに私は不思議に思った。その後福州の友人に聞いて、肉燕の原料を作っているのだとやっとわかった。いわゆる肉燕とは、叩き潰した豚肉を小麦粉に混ぜてワンタンの皮のようなものを作り、それで野菜類を包んだ料理である。福建の福州にしかない料理だそうだ。

福州の食べ物の味は、たいてい甘みが強い。正統の福州料理店のニワトリやアヒルの料理は、まさにシロップ漬けの缶詰のような味で、塩味は全くない。それゆえ福州人の九〇パーセントは、歯が悪い。劇団「三賽楽」の福建劇を見にいったことがあるが、舞台で演じる俳優たちは全員金歯だった。振り向いて左右の観衆を見ると、女性の大部分が歯に金冠をかぶせていた。天も地も黄金色に輝き、金歯に恨みを持つ私という偏執狂は、大声で泣き叫びそうになった。福州の人が故意に私の気持ちをかき乱していると思ったのである。

甘みの強い味を忘れるため酒の話をするなら、福州土着の黄酒はまあまあ飲める。周亮工が記した玉帯春、梨花白、藍家酒、碧霞酒、蓮須白、河清、双夾、西施紅、状元紅などは、飲んだことがないので論評しない。街のいろいろなところで売っている鶏老酒は、色は紹興酒と同じで赤みのさした琥珀色だが、味は少し苦く、多く飲むと頭が痛くなる。鶏を一羽酒の中につるし、肉も骨も溶けるまで置いておく。それからふたを開けて飲むのだが、当然長く寝かせたものほどおいしい。赤い酒かすを使って醸した甜酒は、味は上海の甜白酒と少し似ているが、色はピンクだ。西施紅という名はここから来たのだろう。莆田のライチ酒は、黒みがかった濃い赤色で、ボルドーの赤ワインのように甘い。有名ではあるが、私は好きではない。福州の一般の宴会客は、よく紹興花雕酒を飲む。値段は高いが、上海や杭州と同様味は薄い。福建の料理店は北京の料理店に及ばないと私は思う。

福建の果物と花は、年中途絶えることがない。ダイダイ、ミカン、ブッシュカン、ライチ、リュウガン、サトウキビ、バナナ、それにジャスミン、ラン、オリーブなど、みな全国的に有名だ。物好きな人がいろいろ書いているので、ここで取り上げる必要はないだろう。

福建の茶の半分くらいは武夷の産だが、武夷の産ではないものもその名を借りてアピールしているケースがかなりある。鉄羅漢と鉄観音の二種は、茶の「聖人」と言えるもので、赤でも緑でもなく、褐色だ。酒に酔った後、二杯か三杯飲めば、頭がすっきりする。他にも様々な品種があるが、私は茶に詳しくない俗物なので間違った評価をしてしまうかもしれない。それゆえ少し触れておくにとどめる。

「閩小記」の記載を読むと、サツマイモは福建人が南洋から取り入れた代用食品のようだ。栽培が簡単で味も甘美なので、その後内地に広まった。サツマイモが中国に伝わったのは、わずか三百年前、つまり明の末から清の初めにかけてだ。周亮工のこの記載がどこまで確かなのかはわからないが。福建では米と麦がずっと不足しており、現在も他の省や台湾からの供給に頼っているが、水田では二毛作が可能だ。そして福州の正式な酒席は、たいていご飯類を食べずに終わってしまう。料理があまりにも豊富なので、それだけで満腹し、ご飯類を食べる必要がないからだ。

料理屋で有名なのは、市内だったら樹春園、南軒、河上酒家、司然亮などだ。軽食類も安くておいしいものがある。倉前のアヒル麺、南門兜の野菜と肉を使ったもの、鼓楼西の水餃子など、それぞれ長所がある。それればかりずっと食べていては当然だめで、たまに行くと、格別においしく感じる。郊外だったら南台の西洋レストランがいい。嘉賓や西宴台、法大や西来、閩江に面し内部に芝居用の舞台がある広聚楼などだ。洪山橋の近くにある義心楼は、ヒラメやカレイの料理で有名で、倉前山の快楽林は、小皿に分けた西洋料理で人気がある。これらは当然別格のレストランだ。私が寄寓している青年会の食堂は清潔で広く、中国料理も西洋料理も食べられる。ただイエスの十二使徒との会食とは異なり、ワインがないので、正式に客を招待するのは不便だ。
この他に福建特有の温泉浴場がある。湯門外の百合や福竜泉、飛行場の楽天泉などで、飲食も客に供する。浴客は一日浴場で過ごすことがよくある。酒や食べ物を外に買いにいかなくてもいいので、便利なのだろう。

〈一九三六年六月二日〉

◇食事を論ず——朱 自清

「管子・牧民」篇の「衣食足りて栄辱を知る」という言葉と、漢朝の酈食其の「民は食をもって天となす」という言葉は古からずっと伝えられている。これは政治的には民の食糧が基本であることを認めているもので、人民から見れば、食事が第一ということだ。ほかに告子が「食色は性なり」と言っているが、これは食が生活の二大基本要求の一つであることを人生哲学の観点から肯定したものだ。「礼記・礼運」篇にも「飲食男女は人の大欲存す」とあり、よりはっきりと表現している。後の二つの言葉に照らせば、食事と性欲は同等に重要なのだが、その順を見ると、双方とも「食」や「飲食」を前に置いているので、やはり食事が第一だ。

食事が第一であることは、一般社会でも黙認されているようだ。歴史にはっきり記載されているわけではないが、近代の状況と自らの見聞を総合すれば、古代から同じであったと考えられる。たとえば蘇北の飢えた人たちの群れが江南に行って食べ物をもらうのは、ほとんど毎年のことだ。最近天津の「大公報」に掲載された費孝通さんの「崩壊ではなく麻痺だ」という文もこのことを取り上げていた。これらの難民を人は嫌うが、食事を与えざるを得ない。もとより一割か二割は慈善や憐みの気持ちだが、八割か九割は「小人窮すればここに濫る」で追い詰められて無茶をされてはたまらないからだ。彼らに食事を与えることを、江南の人は認めているといえる。

しかし法律や政府は彼らのことを構わないのか？　どうしてかかわることを恐れるのか？　法律は人情にほかならず、食べ物がないので食べたいというのは人情だ。人情は法律や政府が抑えられるものではない。食べ物がなければ飢え死にするが、厳しい刑罰も死には劣る。一群の人がいるということは、力だ。誰が誰を恐れているのか！　恐れているのは食べ物がある人たちだ。いわゆる人情とは自然の需要であり、基本的欲望なのだが、基本的権利でもある。しかし飢えた人たちの群れは自らにそういう権利があることをまだ自覚せず、一般社会もまだ認めていない。飢えた人たちの群れは衝動で食べようとし、一般社会は彼らに食べ物を与えているが、これは食事が第一だということの黙認に過ぎない。

一九四一年の夏、私は成都にいたが、いわゆる「金持ちの家で食べる」のがどういうことかを知った。飢饉で食べ物がなく、ひでりで、コメの価格が大幅に上昇し、容易に手に入らなくなった。そこで貧民が群れを成して米蔵を襲ったり、「金持ちの家で食べ」たりしていた。金持ちの家に入り込んで食事を作らせ、それを食べて帰る。それが「金持ちの家で食べる」だ。それは平和的な手段で、慣例では拒絶されない。食べられた方は楽しくはなかっただろうが。当然本当に勢力があり、とくに銃で武装しているような金持ちには、貧民たちは近づかない。食べられた方の金持ちは、泣き寝入りするしかない。そういうのが二日か三日続き、安価な食糧が出回り、厳格な禁令が打ち出されると、やっと終わる。「金持ちの家で食べる」のは古くからの習慣だといわれているが、それなら飢えた人たちの群れが食べ物をもらうのはもっと古いだろう。

しかし儒家は食事については異なる基準を持つ。孔子は政治の信用は民の食より重いと言っていたが、孟子は民の食こそ仁政の根本だと言っていた。これは春秋時代は人民を取り込む必要がなかったが、戦国時代になると人民を取り込まなくてはならなくなったからだ。が、士人について論じるときは、食事を重要なこととみなしていない。孔子は「君子もとより窮す」と述べ、粗食と冷水の中に「楽がある」と説き、顔回が十分な飲食をせずに帰ったのを「その楽を改めず」と賞賛した。新儒家はこういう楽を「孔顔の楽処」と呼び、「孔顔の楽処を尋ねる」ことを人に教え、その理想と飢餓に耐える精神を学ぶことを説いた。この理想は孟子の言う「窮すればすなわち独り其の身を善くし、達すればすなわち兼ねて天下を善くす」ということで、いわゆる「節」と「道」のことでもある。孟子は一方で告子の「食色は性なり」という考えに反対し、一方で「大丈夫」について論じる際に「貧賤も移す能わず」を条件とした。戦国時代の「大丈夫」は春秋時代の「君子」に相当し、人を治めるのに心を使う人のことだ。これらの人は食に事欠くことがあったとしても、いったん出世すれば、食事は問題とならなくなる。一般民衆のように一生食べるためにもがき続けることもない。それゆえ士人にとっては、道と節を第一とし、食に重きを置かなくてもいいわけだ。

伯夷と叔斉は周の武王の紂討伐は臣が君を討伐することだと反対し、周の粟を食べず、首陽山で餓死したという。これは理想的な「節」のみを大切にし、食を省みなかったということだ。儒家の理論に合致しており、伯夷と叔斉は士人の理想となった。士人のすべてがこの境地に達したわけではないが、最高の目標となったのである。

宋朝の新儒家の提唱を経て、これは士人のみではなく、一般の人の理想ともなった。女性にさえも求められ、「餓死は大したことではないが、貞操を失うことは由々しきことだ」という言葉もできた。この言葉は本来女性に向けたものだが、拡大して適用されるようになり、無数の残酷で愚かな「節を守って命を捨てる」事例が発生した。まさに「人を食べる礼教」だ。人がものを食べず、礼教が人を食べる。ここまで来れば理に反する。

士人は食事については別の現実的な考えも持っていた。北宋の宋郊と宋祁の兄弟はともに出世して高官となり、住宅は隣り合わせだった。宋祁がいつも宴会を開き、舞や踊りで遊んでいたので、宋郊が人を通して宋祁に「和尚の廟で野菜の根をかじっていた昔を覚えているのか？」と尋ねた。宋祁は「昔野菜の根をかじっていたのは何のためだったか？」と尋ね返した。苦労に耐えたのは「人の上に立つ人」になるためだ。「人の上に立つ人」になった以上、おいしいものを食べ、きれいなものを着て、楽しく遊ぶ、というのだ。「兼ねて天下を善くす」はただの表看板となった。この理屈によれば、飢えを我慢し冷水を飲むのは、いつか食べ放題、飲み放題、遊び放題をするためということになる。食は本来人情で、大部分の士人もそう考えていただろう。しかし宋郊と宋祁の時代は、新儒家が台頭し始めたころだったので、宋祁は公然と自らの享楽主義を表明した。その後士人の地位が向上し、責任も重くなってくると、新儒家の厳格な基準は人を治める地位にいる士人に強い影響を与えるようになった。心の中で思っていても、あえて口に出さなくなったのである。口には出さなくても、実際は往々にして楽しみを享受していた。そうして飲食の多い人と少ない人に分かれるようになった。飲食の少ない人とは、当然治められる立場の広大な民衆だ。

民衆、ことに農民は、大多数は運を天に任せ自らの分を守っていた。数千年間、ずっと飢餓に耐えていた。最後の最後にならなければ、行動を起こすことはなかった。ほかの地方に行って食を求めたり、米を奪ったり、金持ちの家で食べたり、はなはだしくは反乱を起こしたり、これらはやむを得ずにやったことだ。彼らが何も語らなかったことに注目したい。「やむを得ない」時にのみ行動し、我慢できれば沈黙していた。食は必要としたが、自らにも食があるべきことに気づかなかった。行動はしたが、それは非合法だと思っていた。それゆえ何も言わなかった。言葉を発したのは士人だ。印刷技術の発明と教育の発展により、人数は増えたが食べるための仕事は増えず、困る人が増加した。「この世で一番難しいのは食べることだ」と嘆くような人が出てきたのである。難しいとは言っても、一般民衆ほどではなかった。畢竟彼らは統治者であり、「権勢があるので衰えてもそんなに困らない」ということで、親戚に役人がいれば食べていけたのである。一般民衆よりいい物を食べていただろう。

孟子は「今は識る所の窮乏者の我に得るが為にして之を為す」と言っている。役人になったら貧乏な親戚や友人を助けるのが、古代から当たり前だった。中華民国が成立すると、黎元洪総統は「みんなが食べられるようにする」と言った。これ自体は優しい心根だが、当時は笑われただけだった。賢愚も賞罰もはっきりさせないままの曖昧な状態で口に出したからだ。が、当時はほとんどの士人がこの言葉を胸にしまいこんだ。得がたいほどの愚かさだ！

第一次世界大戦と五四運動が一連の変化をもたらした。中華民国は曲がりくねった道をふらふらと、現代化に向けて歩んだ。知識階級と労働階級ができ、給料を求めたり、ストをしたりするようになった。「みんなが食べられる」ようにすることを求めてだ。知識階級は士人の面目を変え、労働階級は一般民衆の面目を変えた。集団行動をとるようになり、貧困や自らの分に安んじることをしなくなった。食は天が与えた人権であり、公けに食を求めるようになった。だがその潮流は始まったばかりだ。今回の世界大戦でルーズベルト大統領は四つの自由を主張したが、その三番目が「欠乏からの自由」だ。「欠乏」とは食べるもののないことが主な意味で、食べ物がないことからの自由を人々は有することになる。これは人民の食べる権利を強化するもので、「みんなが食べられるようにする」ことでもある。しかし平民に、すべての人民に着眼しているので、意義は大きく異なる。

抗日戦争に勝利した後の中国は、思わぬことに食べることがいっそう困難になり、食べるもののない人がいっそう増加した。今日でも一般人民は我慢できない状態で、はなはだしくは食べるものさえない。礼儀や文化など、言うまでもない。こういう状態だと食べる権利を知らなくても行動を起こすだろう。ましてや食べる権利を知っていれば、行動を起こし、「欠乏からの自由」を要求しないわけがない。そして学生は「飢餓は重大で、勉強は小さなことだ」というスローガンを書き、労働者は「食事が必要だ」と叫ぶようになった。これはわれわれ中国の歴史において、食が一番であることを一般人民が公けに承認した最初だ。鬱積した状態で愚かに騒ぐよりよほどいい。集団の要求だからだ。集団は組織されているので、大きく乱れる可能性は少ない。組織されているということは、簡単に終わらないということだ。人情プラス人権。みんなが食べられるようになるまでは、この集団行動が終わることはない。

〈一九四七年六月二十一日〉

◇イギリスの食――朱 自清

ヨーロッパの飲食というと、誰でもパリを考える。ロンドンは数に入らないようだ。ほかでもない、ジャガイモ料理を見ればわかる。フランスのものはドミノのカードのような形に切り、黄色く油で光り、いい香りがする。イギリスの「チップス」は黄色と黒が混じったような色で、冷たくも熱くもなく、味もない。おなかをいっぱいにする、というだけのものだ。イギリスの食事といえば、メインディッシュは厚切りの牛肉か羊肉で、それに二種の野菜料理がついている。私はある人の家に四ヶ月滞在したが、一度だけ牛のレバーが出た。それが唯一の「彩り」だった。しかし簡単な料理には、いい点もある。材料が悪いとすぐわかるのだ。ヨーロッパ大陸のコックのように悪い材料をよく仕上げることは、イギリスではあり得ない。イギリス人自身もうんざりしたのか、一九二六年にホワイトという女性がイギリス料理について調べる組織を立ち上げ、各地の料理のレシピを収集し始めた。イギリス料理に彩りを添え、おいしくしようと思ったのだろう。一九三一年十二月に第一回の晩餐会を開いた。十八世紀以降のレシピから五つの料理（スープと菓子を含む）を選んだが、おいしくて手間もかからないということだった。当時はイギリスで国産品を買おうという運動が盛んだったので、新聞はすこぶるもてはやした。しかし、現在のヨーロッパでは「食事は少なく速く」という潮流になっているので、古い時代の骨董品のような料理は時宜に合わないだろう。

「食事を速く」というのは忙しいからだ。ヨーロッパ人は私たち中国人のようにのんびりしているわけではないことは、みんな知っている。なぜ「少なく」なのか？　衛生のため、というのはそのとおりだが、ほかにも理由がある。女も男も太るのを嫌がっているのだ。女が太るのを嫌がるのは、太ると醜くなるからだ。男もスポーツ選手のようなスタイルになりたいと思っている。これは当然中年や若い人たちで、老人はおなかが出ている人もいる。ヨーロッパ人の一日三食の分量は、国によって全く異なる。ドイツでは、朝食はコーヒーとパンだけ、夕食は冷たい食べ物が普通だが、昼食は多くとる。フランスでは朝食はコーヒーとクロワッサンで、昼食と夕食は普通の分量だ。イギリスでは朝食と夕食は多くとるが、昼食は軽めだ。イギリス人が朝食を大切にするのは、わが国の成都と同様だ。オートミールとハムエッグ、パンと紅茶、塩漬けにした魚の燻製と果物がつくこともある。昼食は簡単で、焼いたパン一個とコーヒー一杯だけ。冷たい魚や冷たい肉のついた昼食の箱入りセットを売っている食堂もあるが、夕食の箱入りセットは売っていない。

ロンドンのファーストクラスのレストランはフランス料理だ。セカンドクラスは、イタリア料理かフランス料理、スイス料理だ。旧市街の小さな飲食店や食堂でないとイギリス料理はない。ファーストクラスのレストランに行ったことはないが、イタリア料理店なら二軒行った。一軒はオックスフォード街にあるかなり大きなもので、夕食時には女性芸人やダンサーがいるところだ。確か生牡蠣料理が名物だった。もう一軒もにぎやかな所だった。マカロニ料理が名物で、バターで炒めたものを皿に並べ、粉チーズを振りかけて食べるのだが、言葉にできないほどおいしかった。

食堂にはライオンズ、ＡＢＣなどがあり、それぞれ多くの店を市内外に出している。アヒルを焼くときは木炭の火を使っているので、中国と似た風味だ。ＡＢＣの菓子類はすばらしく、北平のフランスパンの店と比肩できるものもある。ライオンズにはあまり大した物はないようだが、繁華街の交差点の「角の店」が二軒あり、そこにはおいしいものがある。一軒は一階と二階に大広間があり、もう一軒は三階建てで、それぞれ千五百人くらいの客が入れ、夜になると楽団が音楽を演奏している。中は客でいっぱいだ。通路は狭いが、壮大な雰囲気だ。あるイギリス人学生が「貧乏人の宮殿」と皮肉っていたが、まさにその通りである。半日立って待っていても席が空かないこともある。これらの食堂では普通はウエイトレスを使っているが、二軒の「角の店」だけはウエイターを使っている。ウエイターの方が賃金が少し高い。ウエイターもウエイトレスも黒い制服を着ており、ウエイトレスは白い帽子をかぶっている。「角の店」ではチップが必要（入り口には「チップ不要」と書いてあるが）だが、他の食堂では要らない。「角の店」に一度行ったが、焼いた鶏肉がおいしかった。客のためにトランプを置いている店もある。他に、生牡蠣を食べさせる店もあるが、安くない。大家のおかみさんは「不衛生」と言っていたが、かなりの人が食べるようだ。夏に生牡蠣を食べるのはよくないので、イギリス人は「Rのつかない月（五月・六月・七月・八月）は生牡蠣の季節ではない」と言っている。ロンドンに中華料理店は七軒か八軒あるが、場所によって値段が全く違う。みな広東風の料理だが、上海の新雅（広東料理の店）には遠く及ばない。ある店で鶏肉のワンタンを食べたが、中国よりだいぶ高かった。

マフィンとクランペットが食べられる店もある。マフィンに餡はないが、柔らかくて少し甘く、米の粉を混ぜているようだ。クランペットは蜂の巣のように表面に小さなくぼみがあり、比較的薄い。これも米の粉を混ぜているようだ。両方ともフランスから伝わったのだろうが、マフィンの方が早く、少なくとも二百年前にはあった。コックの多くは劇場で有名なドルリー・レーンに住む。以前は売り子が手で鈴を振り、頭に皿を載せて売り歩いていた。当時はみんな喜んで食べていた。買って帰ると、たっぷりバターを塗り、客間の暖炉で温めてしみこませ、食べた。こういう「閑をぬすむ」ようなライフスタイルは有意義だ。が、その後やってきたクランペットはバターをしみこませるのがより簡単で、香ばしく、あまり厚くなくて柔らかく、見た目もよかったので、人々はマフィンからクランペットの方に移っていった。ある女性がそれを悲しみ、ザ・タイムズに手紙を出して不満を訴えた。ザ・タイムズはそれに関する論評を掲載し、マフィンを食べる伝統を残そうと主張したが、当の女性が書いたクランペットの悪口は載せなかった。その論者はクランペットが好きだったのだろう。

三月の復活祭にイギリス人はパンケーキを食べ、店でも売る。もともとは二月末の懺悔節のときに懺悔者が夕食後に教会に行く前に食べるものだったが、現在では朝食べる。薄くて歯ざわりがよく、少し甘い。北平の中原と言う店で売っている「パンケーキ」は「太り」過ぎており、柔らかい。「パンケーキ」で思い出したが、アメリカのマサチューセッツ州のバークシャーに「パンケーキの食べ比べ競争」という風習がある。ザ・タイムズによれば、一九三二年の優勝者は一気に四十二枚のパンケーキを食べ、ソーセージと熱いコーヒーまで腹に入れたそうだ。本当に「腹の大きい」人だ。

イギリス人は毎日午後四時半ごろに茶を飲む。トーストにバターを塗るのだが、ティーパーティーの時は、ハムサンドやティースコーンなどもつく。彼らはアフタヌーンティーをとても大切にしており、必要不可欠といえるくらいだ。またそれに応じて客を招くと、夕食時に招くより費用も節約できる。イギリス人は茶は好きだが、フランス人と違ってコーヒーを淹れるのは上手ではない。飲むのはたいていインドの茶で、中国の茶も売ってはいるが客はわずかだ。利権の関係もあるのだろうが、製造設備が不潔だなどのマイナスの宣伝と味が淡いのが主な原因だ。インドの茶は色が濃くて味が苦く、ミルクと砂糖を加えるとちょうどいい。中国の紅茶は味は物足りないが、香りはいい。不思議なことに、店で売っている中国の茶は、色も香りも味も淡いものばかりだ。どうしてそういう茶を売りに出したのか、わけがわからない。

かごをぶら下げてピーナッツを売っている人と四輪の車を押しながら焼き栗を売っている人を街で見かけ、祖国を思い出した。ピーナッツも栗も小さな袋に詰めて売っており、栗売りの方は焼いたり袋に詰めたりも同時にやっている。古き良きロンドンだ。イギリス人も食事時に干果を食べる。クルミ、ハシバミ、カヤ、ブラジルヒシなどだ。ブラジルヒシは大きくて、さっくりした味わいだ。イギリス人は専用のハサミで木の実を割る。「ザクッ」という音がして殻が砕け、かけらが遠くまで飛ぶこともあるのが面白い。蘇州にスイカの種を割るハサミがあるが、形は小さくて緻密なもので、力の要る作業には向かない。

〈一九三五年二月四日〉

◇揚州の食——朱自清

揚州といえば、食事がおいしいところだと考える人が多い。その通りだ。北平で江蘇の料理というと、甘ったるいものと思っている人が多い。が、淮安と揚州の料理を知れば、江蘇料理は甘いものだけではないことがわかる。でも山東料理のようにあっさりしておらず、油っこいと思われるかもしれない。実は本当に油っこいのは鎮江の料理だ。塩商人の家のコックが作る揚州料理は、山東の料理ほどあっさりしているわけではないが、潤い豊かでさっぱりしており、しつこい味ではない。味がいいだけではなく、見た目も美しい。揚州のラーメン店も有名だ。鶏やアヒル、魚などさまざまなものを煮てだしを取ったスープは、珍味として有名な熊の掌のようなすばらしい味だ。普通はラーメンをどんぶりに入れてからスープをかけるのだが、玄人はスープの中にラーメンを入れて煮る。そうすると味がしみこむのである。

揚州でもっとも有名なのは茶館だ。午前も午後も客でいっぱいで、食べ物もいろいろある。座って茶を淹れると、柳の枝で編んだかごを腕にぶら下げた人がこまごましたものを売りにくる。スイカの種やピーナッツ、煎り豆などだ。ギンナンを炒めて売る人もいる。天秤棒に載せた鉄の鍋で鉄へらの音をさせながら炒める。こちらから声をかけないと、やってくれない。ギンナンを炒めると殻が割れて黄色いさねが現れるが、それを掬って渡してくれる。熱くて香ばしい。香辛料で味付けした牛肉を、乾いたハスの葉に並べて売る人もいる。茶館のボーイにゴマだれ油を持ってきてもらい、かき混ぜてゆっくり食べるのだ。揚州では普通白酒を飲むが、それも売りにくるから、飲めばいい。そして湯をくぐらせた干絲をボーイに持ってきてもらう。北平の干絲は、煮たものだ。味が濃く、料理としてはいいが、つまみとしてはもうひとつだ。そこで、大きな白い豆腐干を薄切りにし、それをまたみじん切りにして碗に入れ、熱湯を注ぐ。干絲が水分を吸って膨らむと湯を切り、ゴマだれ油をかけ、干しえびや細かく刻んだたけのこをふりかけると、できあがる。あっという間で、豆腐干を切っていると思ったら、すぐ持ってきた。あっさりとした味で、ほかの料理も食べたくなる。次は、揚州の小籠包だ。餡が肉のものもあればカニのものもあり、たけのこを使っているものもある。が、一番おいしいのは野菜を使ったものだ。野菜の柔らかな部分を細かく切って砂糖と油を少し加え、じっくり蒸し上げる。口に入れるととろけるような味わいで、飲み込んでも余韻が残る。乾燥野菜を使ったものもいい。細かく切って砂糖と油を少し加えるのだが、乾きと湿り気が程よくつりあい、じっくり噛んでいると、オリーブを噛んでいるときのような味わいがある。それぞれの料理の量はそんなに多くないので、食事がしたければ、落ち着いて出ればいい。しかしそういう分別があるのはベテランの茶飲み客だけだ。たまたま来ただけの人は、牛飲馬食し、腹を膨らませてから出ていくだろう。

◇ピーナッツ――老舎

私は謙虚な人間だ。だが、ポケットにコイン四枚分のピーナッツを入れ、歩きながら食べていると、秦の始皇帝より誇らしい気分になる。誰かに「もし皇帝になったらどんなことをしたい?」と問われたら、何の躊躇もなく「大臣にピーナッツを買いに行かせ、食べたい放題食べる」と答えるだろう。

どんなものにも幸と不幸がある。なぜスイカの種がピーナッツより人気があるのかわからない。良心に照らして言ってほしい。スイカの種にどういう長所があるのか。舌をはさんだり、歯の間に挟まったり、噛んだとたんに砕けてしまって腹が立ったり、そういうことばかりではないか。幸い砕けなくても、とても小さいので飢えを癒せず、味もない。手間のかかる無駄遣いであり、ブルジョアだ。ピーナッツを見てほしい。ゆったりとして、浅くて白いあばたがあるが、腰が細くて曲線がきれいだ。これは外見に過ぎない。殻を割ってみると、二つか三つのピンク色の丸々とした果実がある。ピンク色のシャツを脱がせると、象牙色の豆が抱き合っており、上のほうでは口づけをしている。つやつやと光ってみずみずしく、香りが豊かで、歯に当たるとさっくり割れる。ピーナッツだけでもいいし、酒のつまみにしてもいいし、檳榔のように舌に置いて噛んでもいい。文章を書くときは、ピーナッツが三つか四つあれば紙巻き煙草一本の代わりになる。しかも有益無害だ。

種類も多い。大きなものや小さなものもあれば、剥いたものもあり、砂糖漬けや炒めたり煮たりしたものもある。それぞれ独自の風味があって、みなおいしい。雨の降る日、煮たピーナッツに塩をふりかけ、それをさかなに玫瑰露を飲む。いい詩がいくつかできるだろう。

スイカの種で詩のインスピレーションが湧くだろうか？　冬の夜、早めに布団に入り、「水滸」を読む。枕元にはピーナッツだ。ピーナッツの香りと味、布団の暖かみ、武松が虎を倒した……まさに天国だ！　冬に道を歩く。冷たい風が吹くか、雪が降っている。でも、ポケットにピーナッツがあれば大丈夫だ。一個取り出して皮をむき、急いで口に入れ噛む。もう風も雪も怖くない。そして二十歳以上の人なら、まるで神仙になったように心配事がなくなり、街を歩きながらピーナッツを食べ続けるだろう。こういう人が将来宰相か大臣になれば、威張ったり汚職をしたりすることもない。

こういう人が皇帝になったら、質素で温和なよき君主になるのは間違いない。スイカの種は、普通は街を歩きながら食べることはない。

家に子供がいれば、ピーナッツは何よりも重要になる。食べられるだけではなく、子供たちの玩具にもなるからだ。女の子だったらイヤリングの代わりに耳につけて喜ぶ。男の子だったらビー玉の代わりにはじく。遊び方はいろいろだ。遊んだ後は皮をむいて食べるが、決して汚くない。ピーナッツが二つあれば子供たちは半日遊んでいる。スイカの種だったらどうだろうか？

見た目と味だったら、栗もすばらしい。が、ピーナッツと比べると栗はなじみにくい。

栗は人と気持ちを交わさないかのごとくだ。クルミも駄目だし、ハシバミはもっと疎遠だ。ピーナッツはどこでも、だれとでもつきあえる。皇帝から庶民までどんな人とも友達になれるのである。実に得難いことだ。

イギリスでは、ピーナッツは「サルの豆」と呼ばれている。動物園に行くとき一袋持っていき、サルにやるのである。しかしサルにやっている人（子供は言うまでもない）がこっそり自分の口に入れているのを見たことがある。ピーナッツにはリンゴのような魔力があるのだろうか。

アメリカではサルでなくてもピーナッツを食べる。確かアメリカのある若い女性が中国に来るとき、トランクの空いたところにピーナッツを詰めていた。全部で五キロくらいだっただろうか。中国では食べられないと思ったのだろう。アメリカの若い女性がこれほどピーナッツを大切にしているのだ。その価値がわかるだろう。

ピーナッツは婚礼とも関係があるようだ。花嫁を乗せる輿の中にピーナッツを一包み置いておくのだが、涙を流しながら噛むのかもしれない。

◇トマト（一）――老舎

いわゆる「むきエビのトマト炒め」の「トマト」は、もともと北平では「西紅柿」と呼ばれ、山東では「洋柿子」もしくは「紅柿子」と呼ばれていた。私がまだ辮髪を結っていた子供の頃は今ほどの威厳はなかった。あの文明的でなかった時代、その値打ちは「カラスウリ」と同じようなもので、ただの子供のおもちゃに過ぎなかった。「お嫁さんごっこ」をしていた時、小さな木の腰掛に真っ赤で丸々とした「西紅柿」をいくつか置き、「披露宴の料理」にしたのだが、とてもきれいだった。しかし、その程度の値打ちで、大きな食堂でも小さな食堂でも、全くお呼びがかからなかった。

トマト、特に葉のついたトマトは、北平の言葉で言えば「青臭い」においがして、あまり人に好かれない。いわゆる「青臭い」とは、草木の発するあの気持ちのよくないにおいのことで、カジノキの葉といくらかの草と同じだ。気の毒なことに、トマトは果実は鮮やかできれいなのに、そのにおいに足を引っ張られている。わきがの美人と同じだ。食べ物としてではなく、「花」として見ても、「ナス」や「トウガラシ」のようにカンナやチドリソウと一緒に街で売れるほどのものではない。子供がトマトで遊ぶのも他に何もなかった時だ。遊びはできるがおいしくないので、ピーナッツやナツメのように「両方」に使えるものに劣る。実際は、トマトの味はそのにおいほどひどくはないし、発酵豆腐ほど強烈でもない。が、青臭さが命取りだ。においのほかに、どっちつかずなところが欠点だ。果物ほど甘くないし、瓜ほどさっくりしていない。煮込むと味がなくなり、柔らかくなり過ぎて他の野菜のような「噛み応え」もなくなる。生で食べるのが一番いいのだが、においが問題だ。果物にも瓜にも野菜にも及ばないのである。

トマトに運が向いてきたのはここ数年だ。「トマト」がメニューに載っているのは最初はイギリス料理やフランス料理のレストランだけだったが、だんだん中国料理の店にも浸透してきた。山東料理の店でさえ「むきエビのトマト炒め」を今では出している。文化の侵略は止められないのだろう！　しかし細かく見ると、レストランのさまざまなトマト料理やトマトジュースは驚くほど赤いが、まずくはない。新鮮なトマトを生で丸ごとがぶりと食べる人はまだ多くない。西洋に留学経験のある人とその子女だけだろう。本場の西洋の味を知っているのだ。最近西洋医学の医者がトマトにはビタミンAが含まれているので生で食べたほうがいいと宣伝しているが、どうもすっきりしない。が、中国人は寿命を延ばし元気をつけるものを好むので、トマトの青臭さに慣れるのも難しくないかもしれない。もし漢方医学の医者がトマトと鹿茸（雄鹿の生えたばかりの角。漢方薬の一種）を一緒に摂取すれば精力を盛んにすることができると証明すれば、トマトの前途は無限に広がるだろう。

〈一九三五年七月十四日　青島「民報」〉

◇トマト（二）――老舎

前回トマトについて述べたが、字数制限のため、トマトと人生や第二次世界大戦との関係について触れられなかった。そういう問題については次の回に語ろうと思ったが、今度も字数制限があるので書き尽くせるかどうかわからない。それゆえまたの機会に譲ることにした。

「避暑録話」に載せるのなら、青島と関係のあることを書いたほうがいい。トマトについて再度語るのなら「青島」が欠かせないので、範囲を絞ることにした。

青島には西洋の情緒があふれている。西洋人に西洋建築、西洋の服に西洋の薬、西洋ネギに西洋ニンニクなど、すべてそろっている。海辺では西洋人が肌をさらしており、まるで絵のようだ。トマトもまた、西洋の野菜だ。

確か数年前、北平の「農業試験場」でかなりのトマトを栽培していた。毎年夏が来ると、毎朝天秤棒を担いで東城まで出向き、その一帯に住む西洋人に売っていた。とても儲かったそうだ。青島にはかなりの西洋人がいるし、西洋かぶれの中国人も多い。いたるところでトマトを見るのももっともだ。トマトの量で西洋化の度合いを測るとすれば、当然青島は北平よりはるかに上だ。この点から見れば、青島の野菜や果物の市場は明らかに一般とは異なる。トマト以外にも、西洋のものが多いのだ。西洋サクランボや西洋ヤマモモはもうそんなに目立たなくなってしまっている。アイスクリームの冷たさに慣れてしまったのと同じようなものだ。ルバーブやグーズベリーに至っては、トウガンやナスと並べて売っているのだが、なぜか変な気がする。私は中国人が買うのをまだ見たことがないし、中国名があるのかも知らない。チーズもよく見るが、その洋風の臭みはトマトと比べられるものではない。しかし、西洋料理のコックではない中国人が買うのを見たことがある。値段も安くなかった。西洋の臭い料理を食べながら山東のウリやニンニクを蔑視する人が少なくないのだろう。西洋化しなければ国を強くできないというのであれば、飲食の点では、私はトマトを擁護する。そんなに高くないし、本当に栄養があるからだ。西洋のものではあるが、悪いものではない。小麦粉をこねて焼いたものにチーズをはさんで食べる！　ふん、勝手にすればいい。油条（小麦粉を練って細長くし、油で揚げた中国の食品）とアワの粥の方が、ずっとおいしい！　私はあまり西洋にかぶれていないのかもしれないが、あらを探すつもりもない。

〈一九三五年七月二十一日　青島「民報」〉

◇家計の節約——老舎

かつての北京では、人々は朝出会うと、「おはよう」とは言わず、「お茶を飲みましたか?」と言った。これにはわけがある。当時、大部分の家は食事は一日二回で、朝は茶を飲むだけだった。午前九時か十時に朝食をとり、午後四時か五時に夕食をとっていた。みんな早寝早起きだったのである。

オールド北京にも酒池肉林やぜいたくな暮らしがなかったわけではない。が、それは身分の高い金持ちだけで、一般市民は家計を節約するというよき伝統を維持していた。嫁をほめるときにはいつも「やりくりが上手」と言ったが、それは家計の節約ができることだった。

私が子供だった頃、同じ路地に貧乏な家と真ん中くらいの家があった。真ん中くらいの家でも、レストランで食事をするのは珍しかった。路地の世論に照らせば、派手な飲み食いは家を滅ぼすもとだった。

そう、毎日食事は二回で、毎食同じものを食べた。冬は主にハクサイとダイコン、夏はナスとインゲン豆だ。ギョーザとあんかけ麺は祭日に食べるものだった。古い京劇で、道化役があんかけ麺を食べて人を笑わせることがよくあるのが、その証明だ。

私の家のように貧乏な家では、夏の「おかず」はネギの塩あえ、冬はハクサイの漬物にラー油をかけたものだった。私の家より苦しい家では、酸っぱい豆汁でしのいでいた。それは最も安いもので、銅のコイン一枚か二枚でたっぷり買えた。何とかかき集めた穀物と野菜の葉っぱを中に混ぜて、粥を作り、一家で分けて食べたのである。私の言っていることが嘘ではないことは、旧社会で肉体労働をしてきた人たちなら証明してくれる。

家計やすべてのことを節約するよう、党と毛主席は不断に指導されている。が、私たちの生活はある程度改善し、労働に参加する家族も増え、給料も多くなった。ポケットマネーも増えて、節約を、甚だしくは酸っぱい豆汁を飲んでしのいだかつての苦しみさえも容易に忘れるようになった！　家計を節約するというよき伝統を決して忘れてはならない！

みなさんが豆汁を味わったことがあるかどうか知りたい。私は北京で勉強しているので、北京の特色ある軽食類を味わいたいと思っている。それゆえ先月、南鑼鼓巷付近の「姚記炒肝店」で豆汁を飲んでみた。ウーン、私は豆汁と合わないようだ。しかし新しいものを多く試してこそ、生活の楽しみも発見できるのである。

◇野菜の根――朱　湘

「菜根を咬み得ば、すなわち百事なすべし」という言葉は私たちの祖先が残したもので、「苦労を厭うな」という意味だ。

確か少年時代、スケールの大きな英雄になろうと志を立てた。何かの本でこの言葉を見つけ、机にあった筆を執って紙に丁寧に書き写し、机の右側の壁に貼っておいた。そして昼食時には他のおかずは食べず、野菜の根だけを食べようと決心した。テーブルにつくと、細切りの豚肉炒めの誘惑に打ち勝ち、全力で野菜スープの碗をかき混ぜ、根を探した。見つけると、力を入れて咬みながら、将来英雄になったら大皿いっぱいの細切りの肉炒めを必ず唐おばさんに作ってもらうのだと誓ったのである。

ダイコンも当然野菜の根の一種だ。あるすがすがしい朝、野菜売りの叫び声を聞きながら服を羽織って寝室を出ると、食卓の湯気が立ち昇る粥の碗の前に、漬物を入れた皿が置いてあった。黄緑色の長いササゲや灯篭のような形の真っ赤なトウガラシ、それにゆで卵のように白くて滑らかなダイコンだった。范仲淹の「粗食」にはるかに及ばない！「菜根を咬み得ば、すなわち百事なすべし」と言った祖先がこういう朝食を見れば、きっと首を横に振るだろう。

サツマイモも野菜の根だ。だがサツマイモを咬むのは難しくない。苦労に耐えた私たちの祖先が新年や祭日にあの世からこの世の家に戻ってきたら、木材のように硬く煮た鶏肉やとげだらけの魚肉をごちそうすることは決してない。年を取って歯が全部抜け落ちているので、味わえないからだ。最も容易に咬める食品であるサツマイモの煮つけを食べてもらうのが一番いい。

もし野菜の根を咬むことが艱難辛苦であるのなら、私は艱難辛苦を味わい尽くしていることになる。サツマイモ本体だけでなく、皮まで咬むからだ。ほかほかの焼いたサツマイモが目の前にあれば、まさに「百事なすべし」だ。その黄金色の実を他人に譲ることだってできる。が、焼いたサツマイモの皮を他人に譲ることだけはできない。皮こそ焼いたサツマイモの精華だ。香ばしくてサクッとしている。豚もも肉の醤油煮の精華が、その赤い皮であるのと同じだ。

ヤマイモとクワイも野菜の根なので、誰かに勧められたら、拒絶するつもりはない。私は菜食を主張しているわけではないが、野菜の根を咬むことに反対しない。西洋の植物学者の調査によれば、中国人は六百種の野菜を食べるが、これは西洋人の六倍以上だそうだ。私はその六百種の野菜の根をすべて咬んでも、世界的に有名な豚のしっぽや憐れみを乞うている犬のしっぽ、たいしていいところのないネズミのしっぽを咬むつもりはない。

◇北京の酸梅湯――金　受申

夏の飲み物といえば、酸梅湯こそがさわやかだ。きちんとした水を使用して作れば、夏の衛生によく、益するところも多い。のどの渇きをいやすのと同時に、梅の成分が厥陰の経絡に入るので、暑気を取り除いて肝臓を丈夫にする。古人は酸梅湯を飲みながら食事をしていたが、深い意味があったのだ。のちの人が涼だけを求めて飲んでいるのとは全く異なる。酸梅とは梅の実を燻製にしたもので、市販されている酸梅湯の製法は三種類だ。第一は熱湯に酸梅を浸した後、かすを漉し取り、甘蔗糖を加えるというものだ。冷めてからモクセイを入れることもある。その後適度に水を加え、それを入れた缶のまわりに砕いた氷をならべる。飲むときは碗に氷は入れない。酸っぱいが激しくはなく、甘いがしつこくはない。北京琉璃廠の「信遠斎」や大きな邸宅ではこのやり方で作っており、北京第一といえるだろう。第二のやり方は水で酸梅を煮るものだ。それ以外は同じ手順だが、酸梅を浸すだけでは時間がかかるので、煮ることにした。味は第一のものと似ているが、芳醇さという点で劣る。西四の「隆景和」や「九竜斎」、規模の大きなドライフルーツ店はこの方法だ。第三は、街角でよく売っている酸梅湯で、水で煮た酸梅湯だが、いい加減にしかかすを漉し取らず、湯や水を加えてしまうものだ。甘蔗糖ではなく白糖を使用し、碗の中に氷も入れる。北京の川の水で作った氷は汚れているので、飲むときには頻繁に碗を揺すらざるを得ない。秋になってから病気になるケースもかなりある。

◇ハスの葉の粥――金受申

北京っ子の夏の家庭料理は、すべて清涼の味わいだ。夏で一番意義深いのは「ハスの葉の粥」だ。ハスの葉の粥は、それぞれの「家庭の味」がある。一般の食堂のものは、ハスの葉にウコンを加えて煮たものに白米の粥を混ぜたもので、苦くて渋く、清らかな香りが全くない。

家庭でハスの葉の粥を作る場合は、まずうるち米の粥を煮る。スープに少し粘りが出てきたら、手頃なハスの葉（若い葉は清らかな香りがないし、古い葉は苦い）を一枚、へたに近いところから折り取って、鍋の中の粥を覆うように入れる。そしてふたをしてとろ火で煮る。白砂糖が好きなら、ハスの葉で覆う前に入れれば、甘みと香りがうまくマッチする。最近の食堂のハスの葉の粥は、砂糖の入れ時がいい加減なので、とてもまずい。

粥が冷めると、緑の汁が葉からあふれるが、スープには香りは少なく、すべては米の粒に凝縮されている。これこそが真のハスの葉の粥だ。上述のやり方は宮廷の厨房にいた楊雨亭さんに聞いたものなので、試してみられてはどうか。白米を使わず、うるち米を使うのがポイントだ。

◇北京、秋の茶──金受申

衣食を重んじる北京では、四季の衣装と四季の飲食には大いに工夫を凝らす。「飲」について言えば、酷暑の夏に茶を飲むのなら、「明前竜井茶」と「杭州貢菊茶」だ。暑気を消して熱を静め、汚れを落とす。西風が野に吹き、寒さが増す秋に、落ち着いた部屋で気心の知れた友人と飲み、いろいろなことを語り合うのなら、「白毫紅茶」と「極品紅寿」が楽しみを与えてくれる。

北京の人は、茶の好みはあるが、味わうこと自体にはあまり頓着しない。私の友人は「チャラン茶」を好み、私は緑茶を好むが、ちょっとした違いに過ぎない。水については、「恵山泉水」、「揚子江心水」、「梅の花に積もった雪を溶かした水」などは、当然手に入らない。「玉泉山泉水」、「酷暑の時期の雨水」、「上竜の井戸水」などは北京でも手に入るが、使用する人は少ない。大部分の人は水道水で茶を淹れており、たまに西洋式のポンプで汲んだ井戸水を使うくらいだろう。淹れ方にも大してこだわらず、「渇きをいやす」程度だ。

が、北京にも工夫を凝らして茶を味わう人はいる。一九三六年の秋、私は北京西部の青竜橋で療養していた。昼は終日川辺で釣りをし、夜は茶館で過ごしたが、友人の紹介で玉泉山のふもとの古寺をよく訪ねていた。住職は書道と絵画に長じ、澄んだ空にきれいな月が出ると、寺の中で夕飯を食べ、その後松の古木の下で茶を味わった。住職は玉泉山の新しい泉を汲みに行かせ、白い陶製の炉で湯を沸かした。燃料は「松炭」で、「松のたきぎ」ではない。住職自身が松の太い枝を焼いて作ったもので、普通の木炭よりも木の香りが残り、茶専用だという。陸羽の「茶経」には、松のたきぎで湯を沸かせと書いてあるが、それでは煙が出てしまう。木の香りを残し、煙も出さない松炭のほうがいい。「茶経」の足りない部分をここで補足したいのである。山の中で閑雅な暮らしをしたい方は、試されてはどうか。

湯を沸かす手順や火具合は、「茶経」の記載通りで、「最初にカニの目」、「次に松風の音」だ。熱を加えると最初に中心にカニの目のような泡が出てきて、次に松林を吹く風のような音が聞こえたら、完成だ。それ以上沸かすと、使えなくなる。

茶具は当然宜興の紫砂がいいのだが、住職は小さな急須を使っていた。茶碗も小さなものだった。注がれた茶は、淡い緑を帯びた澄んだ黄色で、白磁や青磁、紫砂の碗などとよくつり合い、古色豊かで、俗を忘れさせてくれた。

味わった茶は二十種類か三十種類だったろう。暑い夏に向いている「西湖竜井」やスイカズラに形が似た「斛山石斛」は、当然涼しい秋には合わない。住職所有の茶は秋に適したものが多く、「蓮心」と「蓮蕊」が一番よかった。普通の茶の店で売っている「蓮心」は形が蓮心（蓮の胚芽）に似た茶葉なのだが、ここで飲んだ「蓮心」と「蓮蕊」は門前の池に生えている蓮の花から取ってきたものだ。茶葉ではないものの、独特のすがすがしい香りがあり、酔い覚ましにぴったりだ。秋に茶を味わうのは、清らかな趣のあることだ。真にその味わいを理解しないと、享受できないものではあるが。

秋に飲む酒も、夏とは違うものになってくる。たとえば夏によく飲む「海淀仁和酒店」の「蓮花白」は秋には向いていない。秋になったら「甕頭春」、「緑茵陳」、「五加皮」などを飲んで体内の余分な水分を排出し、腹を温めるようにしたほうがいい。

◇火鍋（鍋料理の一種）――金　受申

北京の伝統ある家では火鍋は一家の冬の楽しみであり、互いに喜び合う食品だ。かつて火鍋は具材とスープをとても大切にした。スープはキシメジ、冬野菜、綿羊のしっぽの油、ネギ、ショウガなどを煮て作ったものが最も味が豊かだった。簡単なものだったら、具材は豚肉の肉団子と北京風焼き豚の二種だった。複雑で高級なものだと豚肉の燻製やみそ漬け、鶏やアヒルの燻製も加えたが、にぎやかになるだけで、真の味は失ってしまっていた。火鍋は「五目火鍋」、「三鮮火鍋」、「水炊き豚肉火鍋」のほかに、最も普遍的で最も味が良いものとして「羊肉火鍋」がある。

羊肉を大々的に扱っている店や火鍋の得意な店では、まず羊肉のロースの部分を冷凍庫の中で凍らせ、大きな石で圧縮した後、切り分ける。そうすると柔らかくて新鮮味が維持できるのだ。羊肉はみじん切りにすれば、歯に挟まらず、口に入れたとたんに溶けるような味わいになる。羊の腎臓を切るときは、ふつうは側面から下方向に切るが、宮廷の厨房では横方向に切っていたそうだ。柔らかさと新鮮味が維持できるとのことなので、試されてはどうか。

各種の火鍋のほかに、豚肉の肉片を使った火鍋が好きだという人もいる。羊肉は硬くなりやすい（実際はみじん切りにすれば硬くならない）ので、生の豚肉の肉片のほうがいいのだという。が、生物学者によれば、豚肉には寄生虫がいるのでしっかり火を通さないと危険だという。羊脂が好きな人もいる。羊肉よりも柔らかく、思っていたほど油っこくないとのことだ。切ったコウサイがいいという人もいる。火鍋の中をくぐらせて食べると、確かに新鮮な滋味だ。火鍋の中で使う野菜といえば、ハクサイの漬物、凍り豆腐、春雨などがある。特大のハクサイは最近歓迎されているが、実際は二十年か三十年の歴史しかない。「東来順」という料理店が始めたものだ。

◇中国の野菜――金 受申

野菜は主要な副食品の一つだ。私たちの祖先は原始時代に植物の果実を食べ始め、それから野菜を食べるようになった。西安半坡村の新石器時代の遺跡で野菜の種が発見されている。その後、封建社会が形成されてから、人々は穀物の栽培以外に、野菜を採集したり植えたり蓄えたりし、穀物の不足を補ってきた。この時淘汰されたものを山菜と呼ぶ。墨子の信徒が食べていた「藜藿」の羹とは、山菜のスープのことだ。

野菜の品種は、当初はそんなに多くなかった。穀物の代用品や副食として出現したが、その後蓄えられるようになり、冬の穀物不足の時の補いともなった。調味料と同じく、肉食の引き立て役になることが多く、それだけでおかずになることは少なかった。その後「ハクサイの炒め物」や「ナスの煮込み」を取り巻いた状況とは全く異なっていた。それが周秦以前の野菜だったのである。

この時期の野菜でそれだけでおかずになったのは、キンサイ、ニラ、カブラ、カラシナ、タケノコぐらいだった。味を調える役を担ったのは辛みや香りがあるもので、ネギ、ショウガ、ニラ、ナズナ、コウソウ、ラッキョウ、タデなどだった。現在も使われているのは、ネギ、ショウガ、ニラ、ナズナだけである。

この時期野菜の品種はそんなに多くなかったが、どういう野菜をどういう時季にどういう肉料理の引き立て役に使うかについては、細かな研究がなされた。たとえば、魚のなますには春ならネギ、秋ならカラシナを使用していたが、現代のやり方に近似しているのではないか？　そんなに多くはない野菜の中で、特別に重視されていたのがショウガだ。孔子が「ショウガは下げさせずに食べた」という話も伝えられている。

漢や唐以降になると、中国の行政区域が拡大し、中央アジアとの交流も頻繁になった。穀物については豆類が数種類もたらされたが、肉類はほとんど変わらなかった。が、野菜については、国内では嶺南や砂漠の北、国外では中央アジア、遠くはイランから多くの野菜が伝わった。たとえば、ホウレンソウはイランから伝わったものだ。現在のアフガニスタンからもたらされたクキチシャ、浙江のセリホン、広東のエンサイ、中央アジアのコエンドロ、ニンジン、キュウリ、インドシナ半島のカボチャなど、南から北へ、北から南へ、四方から様々なものが伝わった。それらの栽培方法を学び改善して、中国の野菜の品種は千を超えるようになった。それと同時に、かつては山菜として淘汰されたものも新たに見直され、おいしい野菜として栽培されるようになった。

たとえば、ナズナはおいしい野菜として見直され、餃子や春巻の具に広く使われるようになった。栽培方法の改善によってより良い野菜となったものも多い。

たとえば、唐朝の魏徴がキンサイを好んだことは誰でも知っている。が、彼が食べていたキンサイは茎が細くて皮が厚く、今日私たちが食べている茎が太くて皮が薄いものほどおいしくなかった。今から四十年ほど前に、野菜農家の研究により、現在のおいしいキンサイが作られるようになったのである。

現在、野菜の品種は増えたが、この百年間海外からトマト、キャベツ、ムラサキダイコンなどの新しい野菜がかなり伝わっている。これらの新しい野菜ともとからあった野菜のおかげで、私たちの生活は大いに豊かになった。生で食べても煮て食べてもよく、冷たいのでも熱いのでもよく、野菜だけでも肉と一緒に食べてもよく、甘い味をつけても塩辛い味をつけてもよく、焼いて食べても炊いて食べてもいい。芽も、葉も、花も、茎も、地下茎も、根も食べられる。野菜は私たちに栄養だけではなく、色合いによる心地よさも提供しているのである。

◇パン売り――蕭 紅

彼のぶら下げている大きなかごには、長いパンや丸いパンが入っている……。毎朝人をいざなうような麦の香りを漂わせ、通路で待っている。

三枚五枚十枚……とコインを数え、すべて彼に渡した。黒いパンが一個テーブルにのった。郎華さんは帰ってくると、帽子も脱がずにそのパンを指でちぎって口に入れて噛み、塩を探した。外から運んできた冷たい空気が少し生臭い。パンを食べる彼の鼻から水滴が垂れた。

「こっちに来て食べなよ！」

「今行くわ」。私は歯磨き粉の入っていた缶を持って下に降り、白湯を汲んだ。戻ってみると、パンはほとんど外側の硬い皮だけになっていた。「僕は食べるのがとても速い。どうしてこんなに速いんだろう？　勝手だ、男とは勝手なものだ」と彼はせわしげに言った。

缶を捧げ持って白湯を飲むと、彼はそれ以上食べなかった！　食べろと言っても食べようとせず、「もうおなかがいっぱいだ。君の分まで食べちゃったんだから十分だよ。男はよくない。自分のことしか考えない。本当だったら病み上がりの君が、おなかいっぱい食べなくちゃならないんだ」と言うだけだった。

どうやって「塾」を開いて、武術などを教えるか、彼は話し続けた。すると彼の手が、一本二本パンまで伸びてきた！　パンをちぎって口に入れたのだが、無意識に彼はそれを飲み込んだ。また手が伸びてきた、と思うと、「これ以上食べちゃダメだ。もう僕はおなかがいっぱいだ」という彼の声が聞こえた。

まだ帽子をかぶったままだったので、脱がせてあげた。その時パンの皮を口に入れてあげた。そして彼は白湯を飲み、私が「ちょうだい」と言うまで、飲み続けた。

「晩になったらレストランに連れて行ってあげるよ」と彼が言った。お金がないのにどうしてレストランで食事ができるのか、私は不思議に思った。

「食べ終わったらすぐ逃げるんだよ。食べなきゃ飢え死にしてしまうからね」と言った彼は、再び白湯を飲み始めた。

次の日、大きなかごにパンをいっぱい詰め込んだパン売りが通路で待っている。私はドアをずっと開けなかったが、外で誰かが買っていたので、麦の香りが鼻まで届いたように感じた。パンが怖くなりだした。私がパンを食べるのではなく、パンが私を飲み込むのではないかと思った。

「リエバ！　リエバ！」。ハルビンではパンを「リエバ」と呼ぶ。パン売りは私たちのドアをノックしながら声を出し続けた。パンを買った私は、胸をどきどきさせて「お金は明日払うわ。今、細かいのがないの」と言った。

結局、家庭教師の仕事も休みになった。ただ休んでいるだけ、朝食もとっていない。パン売りがドアをノックすると、郎華さんがベッドから跳び下りた。猫よりしなやかに、軽やかに、そして音を立てずに。私はピクリとも動かなかった。「リエバ」が戸口に並んでいる。郎華さんははだしで短パンをはいている。上着を羽織ったが、胸ははだけたままだ。

黒いパン一個が、一角（値段の単位）。私は五分（値段の単位）の「リエバの輪」が欲しかった。パン売りがひもでパンをいくつかつないだものだ。でも「要らない」と言った。しかし食べたかった。ベッドに腹ばいになった私は、頭をもたげた。桑の葉を見たカイコと同じだ。

ショックを受けた。パン売りは郎華さんの手からパンを、五個の「リエバの輪」を奪い取った。

「明日の朝一緒にお金を払うのはダメかい？」

「ダメです。昨日の分を先に払ってください！」

私はよだれでぬれた舌で唇をなめた。「リエバの輪」が食べられなかっただけじゃない。コインを全部持っていかれた。

「朝食は何を食べる？」

「何を食べると言うんだい？」。ドアの鍵を閉め、ベッドに戻った彼は、氷のように冷たい体を私にくっつけた。


〈一九三七年一月三十一日「泰東日報」〉

◇呼蘭河伝　第三章（九）から──蕭紅

確か近所の家で豚を飼っており、いつも大きな豚が前を歩き、何匹かの小さな豚がその後ろを歩いていた。ある日小さな豚が一匹井戸に落ちた。土を盛るかごでその豚を井戸からつるし上げたのだが、すでに死んでいた。多くの人が井戸を囲んでその騒ぎを見ていたが、祖父と私もその中にいた。その小さな豚が引き上げられると、祖父はすぐに「わしにくれ」と言った。

祖父はその小さな豚を抱えて家に帰り、黄色い泥でくるんでから、かまどで焼き始め、焼き終わると私に食べさせてくれた。

私はオンドルのそばに立っていた。祖父はその小さな豚を丸ごと私の目の前に置いた。祖父が引き裂くと、すぐに油が垂れ、いい香りがした。あれほど香りも味もいいものを、私はそれまで食べたことがなかった。

その後、アヒルが一羽井戸に落ちたのだが、祖父はそれも黄色い泥でくるみ、焼き終わると私に食べさせてくれた。

祖父が焼くとき、私も手伝った。祖父が黄色い泥をかき混ぜるのを手伝いながら、騒いだり叫んだりしていた。応援団が盛り上げているような感じだった。

アヒルは脂肪分が少ないので、小さな豚よりおいしい。私の一番の好物だった。

私が食べていると、祖父はそばで、食べずに見ていた。私が食べ終わってから、やっと食べ始めた。私の歯はまだ小さいのでうまく噛めない、だから先に柔らかいところを私に食べさせて、残ったところを自分が食べるのだと祖父は言っていた。

私が一口飲みこむたびに祖父はうなずき、楽しそうに「この子は本当に食いしん坊だ」

とか「この子は食べるのが速い」とか言っていた。

私は油でべとべとになった手を、食べながら服の襟で拭っていたが、祖父は怒らず、「塩とニラを肉につけて食べなさい。肉だけでは胃が悪くなるよ」と言うだけだった。

そう言いながら祖父は塩を数粒私の持っていたアヒルの肉に振りかけた。私は口を大きく開けてまた飲み込んだ。「この子はよく食べる」と祖父がほめればほめるほど、私の食べる量は増えていった。このままでは食べ過ぎておなかを壊してしまうと思った祖父に「もうやめろ」と言われて、やっと私は食べるのをやめた。もう明らかにおなかに入らなくなっていたが、私は口では「アヒル一羽では足りないよ！」と言っていた。

この時アヒルを食べた印象は深く心に残った。でもいくら待っても、アヒルは井戸に落ちず、井戸をのぞいてもアヒルはいなかった。私はコーリャンの茎を振り回してアヒルを井戸の中へ追い落とそうとしたが、があがあ鳴いて井戸の周囲を歩き回るだけだった。周りで一緒に騒いでいた子供に「アヒルを追い落とすのを手伝って」と私は言った。

みんなで騒いでいると、祖父が駆けつけてきて「何をやっているんだ?」と尋ねた。私が「アヒルを追っているの。井戸に落ちたアヒルを取り出して焼いたら、とてもおいしいわ」と言うと、祖父は「アヒルを追ったらだめだよ。おじいちゃんが捕まえて焼いてあげるから」と言った。私は祖父の言うことを聞かず、アヒルの後ろを駆け回った。

祖父は私の前に来て私を抱き止め、私の汗をぬぐいながら「おじいちゃんと一緒に家に帰ろう。アヒルを捕まえて焼いてあげるよ」と言った。

「井戸に落ちていないアヒルは捕まえようとしても捕まえられないのに、どうやって黄色い泥できちんとくるんで焼くのだろう？」と思った私は祖父に抱えられながらも手足をバタバタさせ、「私が井戸に落ちる！　私が井戸に落ちる！」と何度も叫んだ。

祖父は何とかかんとか私を抱き止めていた。

◇白湯こそ一番おいしい――鄧拓

最近、白湯を好んで飲む。白湯が人の体や健康に極めて有益であると、徐々に感じ始めている。それゆえ、白湯こそ最もおいしいといつも宣伝している。特に親しい同志には、白湯を飲むようといつも勧めている。

「それは茶を飲むのはよくないとか害があるとかいうことですか？」とある同志が私に反問した。

そういう意味では決してない。私も以前は茶を飲むのが好きで、工夫を凝らして茶を味わっていた。「茶経」についても、一家言を持っている。しかし、現在は茶を飲むのを好まず、好んで白湯を飲む。それゆえ、白湯の長所について述べるつもりではあるが、茶に有害なところがあると言い張る必要などない。だが、どんなに素晴らしい茶や酒、いい薬であっても、水とは切っても切り離せないものであることは、はっきり言っておかねばならない。これは明らかな道理だ。

白湯の人体に対する有益さについては、他の飲み物と比較する必要など実際はない。天然の最も素晴らしい飲み物なのだ。火を使うことをまだ知らなかった頃、人類は生水を飲んでいた。火を使い火食することを知ってから、白湯を飲むようになった。そして生水であろうと白湯であろうと、生命の源泉であることに変わりはない。「礼記」に「菽《まめ》をすらせ水を飲ませ、その歓を尽くさしむ、斯を孝という」と書かれている。古人は水を飲むことを「孝」という原則にまで高めたのだが、このことは水の生命に対する重要性を証明するものだ。水のないところに生命はない、これは自明の道理だ。それゆえ「春秋緯」の「天命篇」に「水は天地を包む幕であり、五行の始めであり、万物の生まれるところであり、元気の液体である」と記載されている。どうやら天然の唯一の飲み物こそ水であるようだ。そして人類が火食を知ってから、生水を沸かして白湯を作り、天然の最も素晴らしい飲み物となった。

現代の自然科学の常識に照らせば、水とは酸化された流体の鉱物だ。酸素と二酸化炭素、カルシウムとマグネシウムなどを含み、人体の中で他の物質を溶解して循環作用を促進し、人体が各種の栄養成分を消化し吸収するのを助ける。が、天然の生水は、どんなに純粋であっても、細菌の混入を避けられず、人体に不利だ。それを沸かした白湯なら細菌は存在せず、人の健康にとってより有利なのである。

古人は常に生水を飲んでいた。あるいは冬にだけ白湯を飲み、他の季節は生水を飲んでいた。まさに孟子が「冬の日に湯を飲み、夏の日に水を飲む」と言っているとおりだ。が、古人は白湯の長所は高く評価していた。晋代の王嘉も「拾遺記」に「蓬莱山に氷水あり。これを沸かして飲めば千年生きられる」と書いている。見たところ、沸かして飲むだけではなく、どういう水なのか区別していたようだ。たとえば川の水、井戸の水、泉の水、雨の水などで、清いかにごっているか、甘みがあるか渋みがあるかで分けていた。水に含まれているミネラルの違いによってそういう差が出てくるのである。

ある泉の水である種の病気が劇的に治癒できることもある。そういうケースは枚挙に暇がない。

古人は天下の各種の水に順序をつけ、優劣を評定していたが、こじつけの嫌いを免れない。ただ明代の李時珍が「本草綱目」の「流水集解」の一節で述べていることは的を射ている。「流水とは、大は河川、小は渓流だ。外は動いているが性は静かで、質は柔だが気は剛、湖、沢、池などの止まった水とは異なる。しかし河川の水はにごり、渓流の水は清いという違いがある。にごった水、流れている水、清い水、止まっている水、それぞれ中にいる魚は色も性質も違うし、粥を煮たり茶を淹れたりするときにも違いが出てくる。薬を煎じる場合も、当然違ってくる」。この言葉は薬を煎じることを念頭に置いたものだが、いる。

普遍的な道理を含んでおり、どんな水でも同じだなどとはとても言えないことを主張している。

李時珍はまた井泉水、新汲水、温泉水、碧海水、山岩水など、それぞれの性質と病気を治す効果について述べており、大いに参考になる。その中で特記すべきは「醴泉」に関する解釈だ。彼は言っている。「醴とは度数の高くない酒のことで、泉の味わいに似ているので、その名がある。醴泉は定まったところに出現するのではなく、帝王が徳を行えば出現する。世の中が太平になると醴泉が現れる。醴泉の水は老人によい」。「瑞応図」に「醴泉は水の精であり、甘みがあって、それの流れるところは草木が茂り、それを飲む人は長寿だ」と書かれている。また「東観記」に「光武中元元年に、都に醴泉が出現し、それを飲んだ人はみな病気が治った」という記載がある。

実際、我々がふだん言っている「甘みのある水」はみな醴泉と呼ぶことができる。まさに「礼記」の中の「地に醴泉が出た」という部分に、朱熹が「醴泉の泉の味は甘みがある」と注をつけている通りだ。それゆえ醴泉を「甘泉」とも呼ぶ。「病気をみな治せる」だけではなく、「老人によく」て、「それを飲むと長寿」になるのである。こう見てくると、甘みのある水を沸かして白湯にして飲めば、よりすばらしい効果があるのだろう。

甘みのある水はわが国各地にあり、いたるところに泉源がある。遠くはともかく、北京付近を例に取れば、「畿輔通志」の記載によると、北京郊外に多くの著名な甘泉がある。

たとえば玉泉山の泉水、昆明湖上流の竜泉、碧雲寺の後ろ側の卓錫泉、小湯山の温泉、昌平の西の一畝泉、南郊の冷泉、東郊の古楡泉、西南部の百泉、蕙泉、千蓼泉、房山地区の七闘泉など、すべて以前から名をとどろかせている。あまり有名でなかったり、あまり注目されていない甘泉や甘みのある水が出る井戸なら、いっそう多いだろう。

清らかで甘みのある泉水はいたるところにあり、それを沸かして白湯にして飲むのは衛生の理念に合致した要求であることをこれらの泉の存在が証明している。まさに養生の妙品であり、どんなに貴重な仙薬も及ばない。陸放翁が詩に「仙薬の調合は手間がかかるが、水を飲めば自然に仙人の境地に到達できる」と書いているが、古人が毎日常に飲んでいた「水」とは白湯のことだ。白湯の効能は仙薬より上だったのである。

陸放翁が書いたのは決してデマではないと、ここで断言できる。

◇ライチの蜜——楊朔

花と鳥、草と虫は絵になるもので、人にも愛される。画家はミツバチを愛するが、私はあまり好きではない。滑稽な話だが、子供の頃、木に登ってカイドウの花を摘もうとしたら、ミツバチに刺され、痛くて転げ落ちそうになったことがある。大人が「ミツバチは軽々しく人を刺さない。自分に危害が及ぶと思い込んだ時だけ刺す。いったん刺すと命を使い果たし、長く生きられない」と話すのを聞き、ミツバチがかわいそうになり、許すことにした。だがそれ以降、ミツバチを見るたびにわだかまりを感じ、不快な気持ちになる。

今年の四月、広東の従化温泉に数日滞在した。湖の周囲を山が取り囲んでいる。その濃厚な翡翠色の景色は、まさに緑あふれる山水画だ。到着した日の晩は、曇っていた。たまたま窓から外を眺めると、奇怪にも、真っ黒な小山が幾重にも起伏しているように見えた。建物の前はかなり平坦な園林で、山ではなかったはずだ。何かの幻だろうか？　夜が明け一目見て、思わず笑いだした。ライチの木が野にあまねく茂っていたのだ。木々が密接しており、それぞれ木の葉がすきまもないくらいびっしり茂っていたので、暗い夜は山に見えたのだ！

ライチはこの世で最も鮮やかで最も美しい果物かもしれない。蘇東坡の詩に「日に食らう茘枝三百顆、辞せず長しえに嶺南人となるを」という言葉があるが、ライチの素晴らしさがわかるというものだ。ただ私が滞在していた時は収穫の季節ではなく、木全体に浅黄色の小さな花が咲いていた。生えたばかりの若葉は淡い赤色で、花より見栄えがした。開花から果実が熟するまで、だいたい三か月なので、ライチの実にはまにあわないだろう。

が、新鮮なライチの蜜を食べるには、いい季節だった。この貴重なものを聞いたことのない人もいるかもしれない。従化のライチの木は果てのない大海のごとく多く、花が咲くと、ミツバチは朝から晩まで忙しく飛び回る。月明りを頼りに蜜を採取することさえある。

ライチの蜜の特徴は色が純粋で、養分が多いことだ。温泉に滞在する多くの人はこの蜜を食べて、元気をつける。親切な同志が私に二瓶持ってきてくれた。瓶のふたを開けるや否や甘い香りが漂い、コップに半分ほど入れて飲むと、甘い香りの中にすがすがしさを感じた。新鮮なライチのようだった。こんなに素晴らしい蜜を飲めば、生活に甘みを感じることができるだろう。

私は気が変わり、今まであまり好きではなかったミツバチが見たくなった。

ライチ林の奥深くに白い建物が見え隠れしていたが、それが温泉公社の養蜂場で、「養蜂ビル」という趣きのある名がついていた。まさに春爛漫で、花が咲き乱れていた。「ビル」に近づくと、ミツバチの大群が出入りし、飛び交うさましか見えない。そのにぎやかな情景を見ていると、ミツバチもまた新生活か何かの建設にいそしんでいるのではないかと感じた。

養蜂員の梁さんが「ビル」の中へ案内してくれた。梁さんはまだ若く、精緻な動きをする人だ。私にミツバチの生活を深く教えようと思ったのだろう。梁さんは注意深く木製の養蜂箱を開いた。中は板で仕切られ、それぞれの板に多くのミツバチがもぞもぞ動いている。女王バチは黒褐色で、特別に細長く、働きバチが採取してきた花粉を食べる。

梁さんはため息をつくように軽く「見てください。この小さなミツバチの群れはとても従順なのですよ」と言った。

私が「養蜂箱一箱で、一年にどれくらい蜜が取れるのですか？」と尋ねると、梁さんは言った。「二十キロか三十キロです。ミツバチはきわめて勤労です。広東は天候がよく、花も多いので、ミツバチは一年中仕事をしています。取ってくる蜜は多いけど、自分で食べるのはわずかです。蜜を箱から取るたびにミツバチに砂糖をいくらか与えるのですが、それで十分なのです。ミツバチは争うことをせず、ずっと労働を続けます。苦労をいとわず蜜を取り続けるのです」

私が「こんなにいい蜜だったら、虫か何かが食べにくるのではないですか？」と尋ねると、梁さんは言った。「その通りです。虫が這って入り込むのを防がなくてはなりません。あとキバチを防がなくてはなりません。キバチは最悪で、よく養蜂箱に侵入し、悪いことをします」

私がつい笑って「ああ！　自然界にも侵略者がいるのですね。キバチにはどう対応するのですか？」と言うと、梁さんは「追い払います！　それでだめなら殺します。そうしないとキバチはミツバチをかみ殺してしまいます」と答えた。

私は頭に浮かんだ疑問について、尋ねた。「でも、ミツバチはどれくらい生きるのですか？」。梁さんは「女王バチは三年くらい生きられますが、働きバチはせいぜい六ヶ月です」と回答した。

私が「そんなに寿命が短いのですか。それだったら養蜂箱の周りのミツバチの死骸をいつも掃除しなければなりませんね」と言うと、梁さんは頭を横に振って言った。「その必要はありません。ミツバチは物事がよくわかっていて、寿命が来ると一匹でどこかへ消え、二度と戻ってきません」と言った。

思わず心が震えた。ミツバチはなんていいとしいんだ！　人には何も求めないが、すばらしいものを与えてくれる。ミツバチは蜜を取り、生活しているが、それは自分のためではない。そのおかげで人類は甘みのある生活が送れるのだ。ミツバチはちっぽけなものだが、実に高尚だ！

ライチの樹林越しに、思案しながらはるかな田野を眺めた。そこでは農民が水田に立ち、まめまめしく苗を植えていた。まさに労力を用いて自らの生活を建設しているのだが、蜜を取っているのと同じだ。自分の、他人の、子孫の生活のための蜜だ。

その夜、不思議な夢を見た。私はミツバチになって、未来のための蜜を取っていた……。

【原作者紹介】

論語：孔子と弟子の言行録。春秋戦国時代に成立。
書経：紀元前十世紀に成立。儒家経典の一つ。
杜甫（とほ）：七一二―七七〇。湖北襄陽の人。唐代の詩人で、李白と並び称される。「国破れて山河在り」の「春望」が有名。
陸羽（りくう）：七三三―八〇四。湖北天門の人。世界最初の茶葉の専門書「茶経」の編纂で知られる。「茶聖」と呼ばれている。
盧仝（ろどう）：七九五―八三五。河南済原の人。唐代の詩人。
范仲淹（はんちゅうえん）：九八九―一〇五二。北宋の政治家、文学者。邠州の人。
蘇軾（そしょく）：一〇三七―一一〇一。北宋の著名な文学者で、役人でもあった。「赤壁の賦」が有名。飲食に関する詩文も多い。
徽宗（きそう）：一〇八二―一一三五。北宋の第八代皇帝。金の国に捕らえられるなど政治的には無能だったが、文化や芸術の面では多大な業績を残している。
万全（まんぜん）：一四九九―一五八二。湖北の人。明代の漢方医。李時珍と並び称される。

高　濂（こう れん）：浙江杭州の人。明代の戯曲作家。万暦年間（一五七三―一六二〇）に活躍した。

張　岱（ちょう たい）：一五九七―一六八〇。浙江紹興の人。明末清初の歴史家、文学者。「陶庵夢憶」「西湖夢尋」など。

李　漁（り ぎょ）：一六一一―一六八〇。浙江金華の人。明末清初の文学者、演劇家。「閑情偶寄」「笠翁十種曲」など。

朱彝尊（しゅ いそん）：一六二九―一七〇九。浙江秀水の人。清代の詞人、学者。「曝書亭集」「日下旧聞」など。

曹庭棟（そう ていとう）：一七〇〇―一七八五。浙江嘉善魏塘鎮の人。清代の学者、養生家。「老老恒言」「孝経通釈」など。

袁　枚（えん ばい）：一七一六―一七九八。浙江銭塘の人。清代の詩人、エッセイスト。自ら「随園主人」と称した。「小倉山房詩文集」「随園詩話」など。

薛宝辰（せつ ほうしん）：一八五〇―一九一六。陝西の人。清の宣統帝の時に翰林院の役人だった。その後仏教を信仰し、菜食を提唱。

周作人（しゅう さくじん）：一八八五―一九六七。浙江紹興の人。魯迅の弟。著名なエッセイストであり、詩人。一九〇六年日本に留学。日本古典文学を多数翻訳。

夏丏尊（か べんそん）：一八八六―一九四六。浙江紹興の人。一九〇五年日本に留学し、一九〇七年に帰国。一九二一年白馬湖の近くの春暉中学の教師となる。「白馬湖の冬」「文芸論ABC」「現代世界文学大綱」など。

劉 半農（りゅう はんのう）：一八九一―一九三四。江蘇江陰の人。文学者、言語学者。一九一七年北京大学教授となり、白話運動を提唱。一九二〇年イギリスに留学。「互釜集」など。

孫 伏園（そん ふくえん）：一八九四―一九六六。浙江紹興の人。作家、編集者。北京大学を卒業後、魯迅に師事。「伏園游記」など。

張 恨水（ちょう こんすい）：一八九五―一九六七。安徽安慶の人。小説家。一九一一年作品の発表を開始。一九二四年「春明外史」で名を成す。一九六七年北京で死去。「金粉世家」など。

郁 達夫（いく たっぷ）：一八九六―一九四五。浙江富陽の人。作家、詩人。東京帝国大学に留学。「沈倫」など。

朱 自清（しゅ じせい）：一八九八―一九四八。江蘇東海の人。詩人、エッセイスト。北京大学を卒業後、清華大学中文系教授に就任。「雪朝」「踪跡」など。

老 舎（ろう しゃ）：一八九九―一九六六。北京の人。中国を代表する作家。「駱駝祥子」「茶館」など。

朱 湘（しゅ しょう）：一九〇四―一九三三。湖南沅陵の人。詩人、エッセイスト。一九二二七年から一九二九年までアメリカに留学。「石門集」など。

金受申（きん じゅしん）：一九〇六ー一九六八。北京の人。民間文芸家、民俗学者。北京大学で文学や哲学を学ぶ。「中国純文学史」など。

蕭紅（しょう こう）：一九一一ー一九四二。黒竜江省の人。「中華民国四大才女」の一人。一九三六年日本に留学。「生死場」など。

鄧拓（とう たく）：一九一二ー一九六六。福建閩侯の人。詩人、エッセイスト。河南大学を卒業。「人民日報」などで編集者を務める。「三家村札記」など。

楊朔（よう さく）：一九一三ー一九六八。山東蓬莱の人。エッセイスト、小説家。ハルビン英文学校を卒業。「三千里江山」など。

編訳者あとがき

今回は、孔子の時代から二十世紀までの中国で書かれた飲食に関する様々な文章を紹介することにした。エッセイだけではなく、料理のレシピや養生指南のようなもの、茶を詠んだ詩なども含まれている。

中国には詩人や文人墨客が飲み物や食べ物について積極的に語る伝統があるようだ。漢文や歴史の教科書に登場するような人たちが、美味美食についていろいろ書いている。また、飲食と健康を結び付ける傾向もかなりある。ヤマイモやショウガなどは、美味であると同時に体にもいいという類の記述も多い。

本書にはレシピもいくらかつけているので、実際にその料理を作って自らの舌で味わうのも面白いと思う。「食憲鴻秘」に記載されている「風邪を治す粥」などは、実際の役に立つこともあるだろう。日本人がよく食べるものも取り上げているので、比較するのも楽しいかもしれない。

令和元年十一月三十日

多田　敏宏

編訳者紹介

多田 敏宏（ただ としひろ）

1961年、京都市に生まれる。

1985年、東京大学法学部卒業。

中国の大学で約10年間、日本語を教授。

訳書『わが父、毛沢東』『ハイアールの企業文化』『中国、花と緑のエッセイ』『中国、四季のエッセイ』『中国、茶・酒・煙草のエッセイ』など。

中国、飲と食のエッセイ——文人たちの味

2020年5月18日　第1刷発行

編訳者　多田敏宏
発行人　大杉　剛
発行所　株式会社 風詠社
〒553-0001 大阪市福島区海老江5-2-2
大拓ビル5 - 7階
Tel 06（6136）8657　https://fueisha.com/
発売元　株式会社 星雲社
（共同出版社・流通責任出版社）
〒112-0005 東京都文京区水道1-3-30
Tel 03（3868）3275
印刷・製本　シナノ印刷株式会社

ISBN978-4-434-27475-6 C0098